영업
사원
김유빈

KB012667

영업 사원 김유빈 6

뫼달 장편 소설

초판 1쇄 찍은 날 | 2017년 6월 8일
초판 1쇄 펴낸 날 | 2017년 6월 15일

지은이 | 뫼달
펴낸이 | 예경원

기획 | 위시북스
편집책임 | 박우진
편집 | 이즈플러스

펴낸곳 | 예원북스
등록번호 | 제396-2012-000132호
등록일자 | 2012. 7. 25
KFN | 제1-115호

주소 | 경기도 고양시 일산동구 호수로 646-24 위너스21 II 빌딩 206A호 (우)10401
전화 | 031-819-9431 팩스 | 031-817-9432
E-mail | yewonbooks@naver.com

ISBN 979-11-6098-313-5 04810
      979-11-6098-006-6 (set)

영업
사원

김유빈

6

뫼달 장편소설

Wish
Books

영업사원 김유빈

CONTENTS

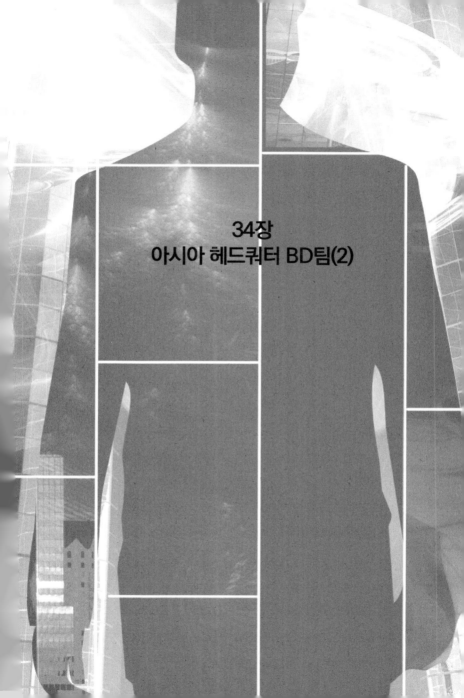

34장
아시아 헤드쿼터 BD팀(2)

"자네, 타미플루는 알고 있겠지? 아니, 당연한 걸 물어 봤군."

유빈이 웃으며 괜찮다는 뜻으로 손사래를 쳤다.

흔히들 감기와 독감을 같은 질병으로 아는 경우가 많지만 둘은 다르다. 우선 병의 원인이 되는 바이러스가 다르다.

감기는 200여 종의 서로 다른 바이러스가 일으키지만, 독감은 인플루엔자 바이러스라는 것에 의해 걸린다.

독감은 계절적 질병이다. 증상도 급성으로 오고 제대로 치료를 받지 않으면 잘 낫지 않는다. 푹 쉬고 면역력을 회복하면 낫게 되는 감기와는 다르다.

최근에 유행한 홍콩독감의 경우는 치사율이 무려 70%였다. 걸리면 열 명 중 일곱 명은 죽는다는 뜻이다. 홍콩독감이 아니더라도 매년 세계적으로 50만 명이 독감 합병증으로 사망한다.

타미플루는 바로 그런 신종플루, 즉 인플루엔자 독감의 항바이러스 치료제이다.

타미플루를 개발한 미국의 중소 제약사는 이 약 하나로 순식간에 제약업계의 신데렐라가 되었다. 물론 그 이후로도 계속 신약 개발에 성공했지만, 타미플루의 성공이 밑바탕이 된 건 확실했다.

"현재 영국에서 2a 임상(약물이 질병 치료에 효과가 있는지 확인하고 적정용량을 찾는 임상)을 진행 중인데 특별한 부작용 없이 상당한 효과를 보이고 있네."

"어떤 약입니까?"

유빈이 궁금함을 참지 못하고 물었다.

"항체 신약으로 종합 독감 치료제일세."

"독감 치료제요?"

"자네도 알다시피 인플루엔자 바이러스는 변이가 심해서 매년 백신을 다시 생산해야 하지."

유빈이 고개를 끄덕였다.

독감 바이러스는 수백 종이 있고 해마다 변종이 생긴다. 그래서 세계보건기구(WHO)가 매년 전 세계 141개 인플루엔자 센터에서 유행하는 독감 바이러스에 대한 자료를 받고 동향 연구 결과를 내놓으면, 각국 보건당국에서 그에 맞춰 독감 백신을 만들어 배포하는 상황이었다.

"하지만 지금 개발하는 신약은 변이와 관계없이 치료 효과를 보인다네."

"네? 그게 가능한가요?"

만약 서 회장의 말이 사실이라면 엄청난 신약이었다.

유빈은 타미플루의 최신 임상 리뷰에 관해서 읽은 기억이 났다. 타미플루는 알려진 것보다 효과가 있는 약이 아니다. 증상을 반나절 정도 줄여 주는 효과가 있다고는 하지만 완치와는 관계없다는 연구 결과가 속속들이 나오고 있었다.

그런데 서 회장이 말하는 내용대로라면 신약은 독감 치료제로서 타미플루의 불완전함을 뛰어넘을 수 있었다.

"조금 어렵지만 들어보게. 이 항체 신약은 바이러스의 표면단백질인 헤마글루티닌(hemagglutinin)의 축(stem)에 결합해 바이러스가 세포에 침입하는 것을 원천 차단하네. 헤마글루티닌의 축은 변이를 일으키지 않기 때문에 변이와 관계없이 치료할 수 있지."

외계어 같은 단어가 나열되었지만, 유빈은 단어 뒤에 숨은 의미를 읽어냈다. 가슴이 두근거릴 정도로 대단한 일이었다.

"현재 미국의 CDC(Center for Disease Control and Prevention, 미국질

병관리본부)가 공동으로 개발을 도왔다네."

CDC와 공동 개발했다면, 서 회장의 말이 단순히 꿈은 아니라는 소리였다. 성공할 가능성은 컸다.

"외부 사람한테는 잘 하지 않은 이야기지만 자네가 우리 회사를 다시 생각해 보는 데 도움이 될까 해서 이야기했네."

"정말 대단하십니다."

유빈은 정말 순수하게 감탄했다.

바이오 전공도 아닌 서 회장의 통찰력이 대단할 뿐이었다.

"자네를 놀라게 했으면 나는 만족하네. 하하. 이 기술이 개발되면 인플루엔자 바이러스뿐만이 아니라 다른 바이러스 질병, 예를 들어 간염에도 적용할 수 있게 되네. 가능성은 무한대지."

"저야말로 회장님에게 약속을 받아야겠군요. 나중에 크게 성공하시더라도 저 잊어버리시면 안 됩니다."

"하하. 그럼. 당연하지. 아무튼, 어려운 길이겠지만, 제네스에서의 일이 잘 해결되길 바라네. 나는 그때가 빨리 오기를 기다리겠네."

"감사합니다. 회장님, 그런데 제네스와의 판매 계약권은 어떻게 할 생각이십니까?"

"안 그래도 나도 기사를 보고 고민했다네. 제네스가 만약 에이티제이를 인수한다면 제네스가 머토마의 판매권을 가지고 갈 수는 없지. 다만, 듀레인 회장님과의 약속이 걸리는군."

"듀레인 회장님과 얼마 전에 통화는 했습니다. 현 제네스 CEO인 마크 램버트가 진행하는 일이기 때문에 자신이 어떻게 할 수 없는 일이라고 하셨습니다. 셀아키텍트에 투자한 것은 개인적인 것이기 때문에 합병과는 상관없다고 회장님께 전해 달라고 하셨습니다."

"흐음, 그런가. 아쉽기는 하군. 제네스와의 합작이라면 머토마의 판매는 걱정하지 않아도 될 텐데⋯⋯."

"제네스가 애브비와 머토마 둘 다 판매하게 되면 독점법에도 걸리기 때문에 어쩔 수 없습니다. 아쉽기는 하지만 이번 기회에 더 좋은 조건으로 다른 회사와 판매 계약을 하는 편이 좋을 것 같습니다."

"음, 접촉해 오는 회사가 몇 군데 있네. 그런데 에이티제이는 뭐가 아쉬워서 제네스에 합병되려는지 모르겠군."

"저도 생각해 봤는데 아무래도 신약 임상이 잘 안 되는 것 같습니다. 임상이 길어지면서 결과가 나오기 전에 비싼 가격에 회사를 넘기려는 의도 같습니다. 하지만 제네스에서는 그렇다 하더라도 손해는 아닙니다. 에이티제이의 항체 신약 개발 기술과 노하우를 그대로 이어받을 수 있기 때문입니다."

서 회장이 고개를 끄덕였다.

유빈의 객관적인 평가는 그의 생각과 일치했다.

"큰 그림에서, 그러니까 장기적으로는 그렇지만 정말로 자네 추측이 옳다면 인수 합병을 진행한 CEO에게는 타격이 될 수도 있을 텐데."

"……저도 그렇게 생각합니다."

에이티제이의 임상 결과가 나온 후에 합병해도 되는 일을 마크 램버트는 듀레인 회장을 견제하기 위해 무리하게 서두르고 있었다.

예상이 맞는다면 마크 램버트가 회사 내적으로도 큰 도전을 맞을 수 있다고 생각했다.

유빈이 원하는 시나리오였다.

머토마의 시장 진출 그리고 에이티제이의 합병으로 인한 내부 갈등이 표출될 때, 결정적인 한 방이면 그를 끌어내릴 수 있었다.

"회장님, 만약 제네스와 판매 계약을 하지 않게 되면 판권을 한 곳에 주지 않는 편이 좋을 것 같습니다."

"응? 그게 무슨 말인가?"

"미국은 어쩔 수 없지만, 유럽은 다릅니다. 유로존의 나라마다 지역 특성을 고려해 복수의 유통 파트너를 선택하면 됩니다. 그렇게 되면 국가 또는 개별 병원 입찰 성공을 위해 두 파트너가 가격 경쟁을 벌일 것이고 머토마의 약가는 더 내려

갈 수 있습니다."

"어차피 우리가 유통 파트너에 공급하는 약가는 정해져 있으니까 그들이 마진을 줄이면서 선의의 경쟁을 하게 되겠군. 흐음, 정말 좋은 생각이야."

"일단 EMA에서 승인이 나면 다국적 제약회사들이 줄줄이 달려들 겁니다. 회장님은 선택만 하면 되는 거죠."

"허, 자네는 어떻게 그런 생각마저 하나."

"바둑을 둘 때 옆에서 훈수하는 사람이 판 전체를 잘 볼 수 있는 것과 같은 이치겠죠."

"하하하. 적절한 비유군."

서 회장의 만족스러운 웃음에 내내 남자친구에게 감탄하고 있던 주서윤이 사랑스러운 눈초리로 유빈을 바라봤다.

서우석 회장과의 만남을 마지막으로 인사를 모두 끝낸 유빈은 떠나기 전 남은 시간 동안 주서윤과 최대한 많은 추억을 만들었다.

공항에서 주서윤은 눈물을 흘리지 않았다.

자주 못 보는 게 아쉬웠지만, 이별이 아니었기 때문이었다. 그녀는 유빈을 믿었다. 유빈이 주서윤을 믿는 것처럼.

싱가포르에 도착한 유빈은 호텔에 짐을 풀고 바로 회사로 향했다.

나라엔 CEO와는 점심 약속이 되어 있었지만 그 전에 먼저 회사를 둘러보고 싶었다.

"이쪽이 미스터 킴의 업무실입니다."

분홍색 히잡이 인상적인 미스 파리바마두가 회사 곳곳을 안내했다. 30대 초반으로 보이는 싱가포르 여성이었다.

그녀가 문을 열었다. 그러자 널찍한 개인 공간이 유빈을 맞았다.

"여기가 제 업무실이라고요?"

20층에 있는 업무실은 한 면이 모두 유리로 되어 있어 싱가포르 강이 한눈에 보였다.

개인 공간에 탁 트인 전망까지, 사람들이 이래서 출세를 하려고 하는 걸까.

"네, 맞습니다. 여기 보세요."

그녀의 말대로 문에 명패가 새겨져 있었다.

Kim Yu Bin. Manager. Business Development.

유빈이 새로 생긴 개인 업무실을 신기해 하는 것만큼 미스 파리바마두도 유빈을 슬쩍슬쩍 쳐다봤다.

30대 초반의 나이에 아시아 본부의 매니저로 파격 발령 난 유빈이 어떤 사람인지 궁금했다.

그녀는 마케팅 콘퍼런스에 참석을 안 해서 유빈을 보는 것이 처음이었다.

외모는 마음에 들었다. 마치 유튜브에서 볼 수 있는 한국의 아이돌만큼이나 잘생긴 외모였다.

언제까지 유지될지는 모르겠지만, 아직 거만하거나 건방진 모습은 보이지 않았다. 겸손하면서 매너가 좋은 남자였다.

"궁금한 게 있으면 망설이지 말고 저한테 물어보세요."

미스 파리바마두가 살짝 눈웃음을 띠면서 말했다.

"고맙습니다. 그런데 풀네임이 어떻게 되죠?"

"아리바니에요. 아리바니 파리바마두요. 어드민이에요."

행정 일을 담당한다니 앞으로 자주 볼 사이였다.

유빈이 웃으며 고개를 숙였다.

"그렇군요. 앞으로 잘 부탁합니다."

그녀는 마주 웃으며 고개를 끄덕였다. 잘생긴 한국 남자와 같이 일하는 게 기대는 되었다. 그러나 업무적으로는 전혀 기대하지 않았다. 그리고 그게 정상이었다.

실제로 BD팀은 지금까지 한 일이 별로 없었다.

아리바니가 BD팀과 관련해 지금까지 일한 것이라고는 전 매니저의 월급을 챙기는 일과 전체 회의 참석 일정을 통보해 주는 것뿐이었다.

전 매니저였던 호주의 제이크 해밍턴은 2년간 자리만 지키고 있다가 본국으로 돌아갔다.

젊은 사람이 새롭게 매니저로 오기는 했지만, 아시아 본부는 원래 각지에서 온 사람들로 자주 바뀌었다. 그리고 이번에 온 유빈도 잠시 머무르며 경력에 한 줄을 더 넣는 거로 만족하고 떠날 것 같았다.

"업무실은 마음에 드나요?"

라지브 나라옌이 칠리크랩소스에 밥을 비며 입으로 가져갔다. 싱가포르에서 먹는 첫 식사였다.

"과할 정도입니다. 개인 업무실을 갖는 것은 처음이라서요."

"BD팀 매니저에 어울리는 업무실입니다. 곧 익숙해질 겁니다."

"그런데 전 담당자가 진행한 업무가 아예 없더군요. 리포트를 올린 것도 봤는데 그저 보고용 보고서였습니다."

"그렇죠. 그렇습니다. 그래서 미스터 킴을 그 자리에 발령낸 거죠."

"제가 어떤 것을 하면 되는 겁니까?"

유빈이 회사를 둘러볼 때부터 묻고 싶었던 질문을 드디어 던졌다. 아무도 유빈에게 어떤 일을 하면 된다고 말해주지 않았다.

"후후, 그걸 저한테 물으면 어떡합니까?"

나라옌이 냅킨으로 입가를 닦으며 웃었다.

유빈이 그런 나라옌 CEO의 의중을 읽기 위해 눈을 똑바로 바라봤다.

"제가 BD팀 직원만 뽑는 게 아니라 업무도 정하는 거군요."

"그렇습니다. 제가 일을 정해 준다면 진정한 의미에서 변화는 이뤄지지 않을 겁니다. 미스터 킴에게 저는 최대한의 재량권을 줄 것입니다. 저와 상의할 일은 그 일을 완수하기 위한 예산을 결정할 때뿐입니다."

유빈이 고개를 끄덕였다.

역시 제네스였다.

사실 한국 기업에 BD팀이 활성화되지 않는 이유가 있었다.

BD팀은 Business Development의 약어이다. 말 그대로 사업을 발굴 개발하는 팀을 말한다.

그런데 한국 기업의 오너가 새로운 사업을 개발하는 일을 직원에게 맡기겠는가.

오너의 통찰력을 바탕으로 한 하향식 의사결정이 한국 기업의 특징이었다.

즉, 오너가 통찰력이 있으면 직원들이 명령을 따라 일사불란하게 일을 처리하여 기업은 성공으로 향해 갈 수 있었다.

하지만 그 반대라면 명성처럼 퍼스트 무버(First Mover)가 아닌 패스트 폴로어(Fast Follower)밖에 될 수 없었다.

통찰력이 없으니 돈이 되는 분야라면 모두 건드린다.

한국 경제의 가장 큰 기둥인 명성그룹에서 A4 복사용지 그러니까 종이까지 만들어 팔고 있다면 말은 다한 것이다.

준비가 안 되어 있는 사람이라면 당황했겠지만, 유빈은 흡족하게 고개를 끄덕였다.

"한 달 안에 사업계획서를 정리해 보고하겠습니다. 그리고 그 안에 BD팀 직원도 함께 뽑겠습니다."

"하하, 좋습니다."

유빈의 시원한 대답에 나라엔도 역시 흡족해 했다.

"직원은 몇 명까지 뽑아도 됩니까?"

"두 명입니다. 사업이 커지면 그때 추가로 뽑아도 되겠지만, 우선은 두 명입니다."

"대상은 아시아 본부 직원으로 제한되어 있나요?"

"올해는 그래야 하겠지요. 하지만 내년에는 아닙니다. 미스터 킴이 아시아 각국을 돌아다니면서 인재가 있으면 저한테 말씀해 주십시오. 내년에는 발령을 내겠습니다."

유빈이 고개를 숙였다.

라지브 나라옌 CEO는 유빈에게 엄청난 권한을 준 것이었다.

"다음 주에 뉴욕 본사에서 임원 회의가 있습니다. 소문으로는 마크 램버트 CEO가 뭔가 큰 것을 발표할 거라고 하더군요. 회의 내용은 다녀와서 공유하겠습니다. 사업 계획을 짜는 데 도움이 될 겁니다."

💼

유빈은 제네스에서 마련해 준 숙소에 들어왔다.

회사 근처에 있는 맨션으로 한국에 있을 때, 원룸에 살던 유빈에게는 방이 2개 있는 것만으로도 대궐 같은 느낌이었다.

나라옌 CEO와 식사를 마치고 생각을 정리하기 위해 싱가포르의 곳곳을 돌아다녔다.

유빈은 관광지가 아닌 싱가포르에 위치한 다국적 제약회사 본부 또는 아시아 지부를 중점으로 돌아다녔다.

제약회사에서 보다 범위를 넓혀 보면 무려 7,000개의 다국적 기업이 싱가포르에 있었다.

싱가포르 정부에서는 다국적 기업의 법인세율을 낮춰 우대 세율의 인센티브를 제공했다. 하지만 그보다도 치안이 잘

되어 있고 교육과 의료 등 일상생활이 영어와 중국어로 제공
되어 외국인이 살기에 전혀 불편함이 없었다.

습한 날씨가 단점이었지만 호심법으로 체내 생리작용을
조절할 수 있는 유빈에게는 문제가 아니었다.

게다가 신기하게도 거리에서 들려오는 중국어가 낯설지
않았다.

그런 영향 때문일까.

세 번째 전생을 본 이후로 변화가 없던 호심법 수련에 뭔
가 다른 느낌이 왔다. 아직은 안개에 휩싸여 제대로 보이지
는 않지만, 드디어 네 번째 전생이 모습을 드러내려 하고 있
었다.

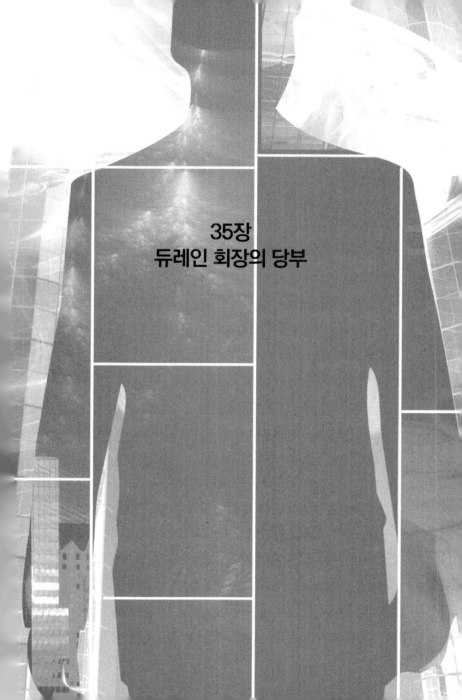

35장
듀레인 회장의 당부

"미스터 램버트, 정말로 이 안건을 이사회에 올릴 생각입니까?"

라지브 나라옌 아시아 리전 CEO가 금테 안경을 고쳐 잡았다. 뭐, 남들에게는 안경이라 말했지만 돋보기였다.

글자를 잘 보기 위해 쓴 물건이었다. 그런데 아무리 잘 보여도 이해가 안 가는 것은 어쩔 수 없었다.

회의 테이블에 앉아 있는 사람 중 과반수가 그의 발언에 못마땅해했고 나머지 소수만 동조하거나 아무런 표정을 짓지 않았다.

"그렇습니다. 문제가 되나요?"

"아니, 그게……."

마크 램버트 글로벌 CEO는 당당했다. 그 당당함에 나라옌은 오히려 말문이 막혔다.

안건의 주 내용은 상반기에 글로벌 런칭을 앞둔 나비로이의 판매 전략에 관한 것이었다.

나라옌이 이해하지 못한 부분, 아니, 납득하지 못한 부분은 유럽에서 나비로이를 영업팀에 맡기지 않는다는 내용이었다.

"그럼 유럽에서 판촉은 어떻게 진행이 됩니까?"

"마케팅팀에 의한 전자 디테일링으로 진행됩니다."

"전자 디테일링이요?"

나라옌이 물어보지 않았어도 임원 회의에서 설명했어야 할 내용이었다. 마크 램버트는 질문에 이어 자연스럽게 전자 디테일링의 도입과 그 의미를 강조했다.

"네. E디테일이라 이름 붙인 전자 디테일링은 MR이 직접 약품을 디테일링 하는 게 아니라 이메일을 통해 전달됩니다. 이메일에는 나비로이에 대한 모든 정보가 파일로 정리되어 있습니다. 그리고 이메일에 명시된 나비로이 사이트에 고객이 접속하면 원하는 정보를 바로 찾을 수 있습니다. 의사가 궁금한 점을 채팅창에 올리면 24시간 이내에 마케팅 부서 또는 의학 부서에서 답변을 올립니다."

마크 램버트가 설명과 동시에 직접 E디테일을 시현해 보였다. 상당히 공을 들인 모양이었다.

인터페이스는 세련되게 표현되었고 의사가 궁금한 점을 바로 확인할 수 있게 목차가 구성되어 있었다.

자세한 설명에도 나라옌이 고개를 저었다.

지금, 내용물 자체가 중요한 게 아니었다. 마크 램버트의 시도가 몰고 올 후폭풍이 두려웠다.

"MR을 보조하는 방법으로는 괜찮아 보이지만, 의사와 MR 간의 유대를 하루아침에 없었던 거로 하자는 건가요? 사람과 사람 사이에만 전달될 수 있는 메시지가 있습니다."

"그래요? 그게 어떤 메시지입니까? 전 세계적으로 EBP(윤리경영실천)가 강화되면서 MR이 할 수 있는 일은 점점 줄어들고 있습니다."

마크 램버트는 나라옌의 태클에 차가운 웃음을 지었다.

"물론 EBP가 강화된 건 사실이지만, 아직 MR이 시도할 수 있는 영업 방법은 충분히 많습니다."

"미스터 나라옌, 작년에 중국 MGS가 리베이트 벌금으로 얼마를 냈는지 아시죠?"

"……네."

나라옌의 목소리가 잦아들었다.

그가 아시아 리전 CEO로 부임하고 얼마 안 있어 터진 일이었다. MGS는 제네스 못지않은 다국적 제약사로 당시 영업사원의 리베이트가 당국에 적발되어 큰 쟁점이 되었다.

"무려 5,100억 원입니다. 중국에서만 5,100억 원! 대표이사와 간부는 징역형에 처해졌습니다. 물론 우리 제네스에게 이런 일이 생길 거로 생각하지는 않습니다. 하지만 저는 CEO로서 이러한 일을 그냥 지나칠 수 없습니다. E디테일이 그 시작이 될 것입니다."

회의 테이블이 조금 더 조용해졌다. 마크 램버트는 지금까지 이 정도로 확신에 찬 카리스마를 보인 적이 없었다. 이미 알고 있던 몇몇은 자랑스러운 눈초리로 그를 쳐다봤다. 반면 오늘 처음 듣는 임원들은 당혹스러운 표정이었다.

"제네스는 제약업계를 이끌어 가는 선두 회사입니다. 이제 저는 제약영업의 패러다임을 바꾸는 새로운 시도를 하려는 겁니다. 유럽에서의 이번 시험이 성공하면 나비로이뿐만 아니라 다른 약품까지 E디테일을 확장할 계획입니다."

"하지만 그렇게 되면 영업팀의 대규모 축소가 불가피합니다."

"인원 축소는 안타까운 일이지만 대안이 있다면 장기적인 관점에서 봤을 때, 회사에 필요한 일입니다."

"하아, 미스터 램버트. 영업팀은 꼭 필요한 조직입니다. 리베이트가 걱정된다면 직원의 EBP를 강화하는 방향으로 조직을 재정비하는 편이……."

마치 강철 벽에 대놓고 이야기하는 느낌에 한숨이 먼저 나왔다.

나라옌이 맞서고는 있었지만, 힘에서도 논리에서도 역부족인 모양새였다.

"그래서 이번에 유럽에서 나비로이로 먼저 실험해 본다고 하지 않았습니까. 저 역시 영업팀은 필요하다고 생각합니다. 하지만 이번 아시아 리전의 감사 결과를 보면 알 수 있듯이 불필요한 영업 인력이 존재하는 것도 사실입니다. 제네스는 기업입니다. 기업은 이윤을 내는 것이 목적이지 봉사단체가 아닙니다."

"……."

감사 이야기가 나오자 나라옌의 말이 없어졌다.

마크 램버트의 생각은 너무나 확고했다. 반박으로 바뀔 수 있는 정도가 아니었다.

임원 회의의 분위기 역시 이미 E디테일을 이사회 안건에 올리는 쪽으로 몰아지고 있었다.

그래도 나라옌에게는 아직 믿는 바가 있었다.

"미스터 램버트, 이 안건이 이사회에서 통과할 것 같습니까?"

듀레인 회장이 이사회 의장으로 있는 한 절대 안건으로 상정되지 못할 것이 뻔했다.

그럼에도 마크 램버트의 얼굴에는 자신감이 넘쳤다.

"글쎄요. 그건 제가 얼마나 설득력이 있느냐에 달려 있겠죠. 자, 미스터 나라옌이 반대하는 건 알겠습니다. 다른 분들의 의견도 들어 볼까요?"

나라옌을 쳐다보던 마크 램버트가 그 차가운 시선을 다른 임원들에게 돌렸다.

"잠깐, 그러니까 의사가 궁금한 게 있으면 그 옆의 채팅창에 글로 써서 올린단 말이지?"

듀레인 회장의 질문에 직원이 발표를 멈추고 마른침을 삼켰다.

"크흠, 맞습니다. 메디컬 부서에 전담팀을 구성할 계획입니다. 올라온 질문을 모아 24시간 안에 답변하게 됩니다."

이해한 건지 듀레인 회장이 알쏭달쏭한 표정으로 멋들어진 콧수염을 만지작거렸다. 발표가 진행되는 내내 듀레인 회장은 호기심이 넘치는 초등학생처럼 계속해서 질문을 던졌다.

발표하는 직원은 듀레인 회장이 손을 살짝 올릴 때마다 긴장한 표정으로 그의 말을 기다렸다.

"자, MR의 활동 중에는 KOL(Key Opinion Leader, 영향력 있는 의사)을 활용하는 영업 방식이 있다네. 예를 들자면 대상 약품이 나비로이니까, 비뇨기과 전문의이자 이 분야에 전문가로 알려진 A교수가 나비로이를 어떤 환자에게 어떤 식으로 처방한다는 사실을 알았네. 그럼 MR의 경우 이 사실을 다른 교수나 로컬 원장한테 전파하게 되네. A교수의 권위를 이용하는 거지. 그런데 MR이 없다면 이 사실을 어떻게 전파할 셈인가?"

듀레인 회장 역시 영업에서 시작해 제약 커리어를 쌓은 인물이었다. 그의 영업사원일 때의 실적은 아직도 전설로 남아 있을 정도로 대단한 것이어서 두고두고 회자되고 있었다.

일반 사원일 때도, 승진해서 영업 팀장을 맡았을 때도 듀레인 회장은 압도적인 능력을 보여 줬다. 물론 임원의 눈에 띄어 그 이후 내근직을 두루 거쳤을 때도 마찬가지였다.

그런 듀레인 회장이기에 경험에서 나오는 질문 하나하나가 날카로웠다.

발표자는 연속된 질문에 당황한 표정이 역력했다.

그러자 마크 램버트가 바로 바통을 이어받았다.

"세미나를 통해서 해결할 것입니다. 처방량은 IMS 데이터로 확인할 수 있고 처방이 많은 의사를 연자로 한 세미나를 정기적으로 개최할 계획입니다. 채팅창에 질문을 많이 올리는 의사는 그만큼 나비로이에 관심이 많다는 뜻이 됩니다. 그런 의사 위주로 참석자를 짜면 더욱 알찬 세미나가 되고 KOL의 경험도 전달될 것입니다."

램버트 역시 준비가 철저했다. 한 치의 망설임도 없이 질문에 대한 답을 쏟아 냈다. 마치 질문하려면 해봐라, 내가 다 받아 주마 하는 느낌이랄까.

그는 바늘로 찔러도 꼼짝하지 않을 얼굴로 듀레인 회장을 마주 봤다.

"환자에게 부작용이 발생하면 어떻게 할 거지? 부작용 보고를 의사한테 시킬 생각은 아니겠지?"

듀레인 회장이 이제야 좀 상대할 만한지 살짝 웃으며 질문을 이어 갔다.

"현장에 사람이 필요할 때를 대비해서 현장 전담반을 준비할 것입니다. 이 경우에는 따로 팀이 있는 게 아니라 다른 약을 맡은 기존 MR이 그 역할을 하게 됩니다."

"그럼 임시방편 아닌가? 발표대로라면 나중에는 전 지역에 MR 없이 E디테일로만 판촉하려는 계획인 것 같은데 그때는 어떻게 할 건가?"

"다시 한 번 말씀드리지만 그래서 시험 운용을 하는 겁니다. 현장 전담반이 실제로 얼마나 현장에 나갈지 알 수 없기 때문에 시뮬레이션해 보는 거지요."

여유가 느껴지는 듀레인 회장과는 달리 마크 램버트는 완벽한 대답을 위해 딱딱하게 굳은 표정을 유지했다.

"인터넷이 발달한 일부 국가에서는 시스템 운용에 문제가 적겠지만, 아프리카 등의 낙후한 국가에서 운용하기에는 문제가 많아 보이는군."

"말씀하신 것처럼 선진국부터 시작해서 퍼뜨려 나갈 계획입니다. 그래서 첫 시작이 중요한 거고요."

듀레인 회장의 칼날이 단단해 보이는 방패의 빈틈을 찾아 찔러 왔지만, 수비하는 사람의 방패는 완벽한 움직임으로 칼날의 침입을 허용하지 않았다.

발표자가 허수아비처럼 멀뚱히 서 있었지만 이미 두 사람은 다른 공간에 있었다.

두 사람의 설전이 듀레인 회장의 업무실을 뜨겁게 달궜다.

생각보다 30분이 더 걸려 겨우겨우 발표가 끝났다.

발표자가 하얗게 질린 얼굴로 퇴장하자 듀레인 회장이 심플한 평을 내렸다.

"아무튼, 파격적이군."

"새로운 시도로 여겨 주시기 바랍니다."

'노인네. 이렇게 질문하는 걸 보니 이사회에 안건을 상정해 줄 생각이 전혀 없군. 예상은 하고 있었지만⋯⋯.'

정중한 말과는 달리 램버트가 인상을 살짝 찌푸리며 금발의 머리를 쓸어 올렸다.

단독으로 E디테일의 프리젠테이션을 들은 듀레인 회장이 약간은 상기된 얼굴로 파랗게 변한 스크린에서 눈을 떼지 못하고 있었다.

마크 램버트가 옆에서 그를 쳐다봤지만, 표정만으로는 도저히 무슨 생각을 하는지 알 수가 없었다.

"공을 많이 들인 모양이야. 시스템은 편리해 보이는군."

"지난 2년간 프로젝트팀을 꾸려서 완성했습니다. 이번 유럽에서의 운영으로 데이터를 모으면 E디테일 시스템은 점점 진화할 것입니다."

마크 램버트는 듀레인 회장의 칭찬에도 무표정을 유지했다. 표정과는 다르게 그의 말투에서 시스템에 대한 자부심을 느낄 수 있었다.

"흐음, 지나치게 파격적이지 않은가? 자네 말처럼 당장은 한 개의 약품에 적용되지만, 영업팀은 그렇게 단순하게 받아들이지 않을 걸세. 시도 자체로 일자리에 대한 위협을 느끼겠지."

2라운드의 시작이었다.

마크 램버트는 기다렸다는 듯 하고 싶은 이야기를 했다.

"회장님, 지금 전 세계 기업의 화두가 뭔지 아십니까? 바로 혁신입니다. 간단한 예로 자동차는 사람이 두 손으로 운

전해야 하는 것이 상식이었습니다. 그런데 그 상식을 깨는 무인 자율주행차를 몇 개의 회사에서 선보이기 시작했습니다. 저는 전기차가 상용화된 것처럼 몇 년 안에 자율주행차도 상용화될 것으로 생각합니다."

"흐음. 혁신이라."

"지금은 이런 시대입니다. 당연하게 생각되던 것들이 더는 당연하지 않은 시대 말입니다. 제약회사도 마찬가지입니다. 언제까지 MR이 의사를 일일이 만나 정보를 전달하는 방법이 통용되겠습니까?"

질문으로 끝났지만, 대답을 기다리지 않았다. 마크 램버트는 바로 자신의 주장을 이어 갔다.

"정보통신이 발달할수록 사람과 사람이 직접 만나는 일은 줄어들 겁니다. 이동시간이 줄어들면서 MR 열 명이 만나야 할 의료진을 한 명의 MR 또는 PM이 영상을 통해 만나게 될 겁니다."

"허허, 내가 옛날 사람이라 그런지는 몰라도 확 와 닿지는 않는군."

자신의 주장을 관철하려는 마크 램버트의 강력한 기운을 듀레인 회장은 너털웃음으로 흘려보냈다.

"……그래서 회장님이 저를 CEO 자리에 추천하신 거 아닙니까. 미래의 변화에 대비하라고요."

"이보게, 마크. 자네의 말도 일리가 있네. 하지만 제약업은 다른 업종과는 다르네. 우리가 다루는 약품은 생명과 직접 연관되어 있지. 그렇기 때문에 변화에 보수적일 수밖에 없는 거네."

"……제 눈은 미래로 향해 있는데 회장님은 과거에서 눈을 돌리지 못하시는 것 같습니다."

"마크, 말이 지나치군."

듀레인 회장의 얼굴에는 변화가 없었지만, 눈빛은 강렬해졌다. 평소에는 온화하지만 필요할 때는 카리스마를 보이는 사람이 듀레인 회장이었다.

그의 성정을 잘 아는 마크 램버트가 바로 고개를 숙였다.

"죄송합니다. 제가 조금 흥분했습니다."

"후폭풍을 잘 견뎌 낼 수 있겠나?"

"……."

"감사로 인한 인원 감축으로 제네스 차이나에 대한 신뢰도가 크게 떨어진 것은 자네도 잘 알고 있겠지. 만약 E디테일로 인해 전 세계에서 비슷한 일이 계속 벌어진다면 회사가 그간 쌓았던 이미지는 모래성처럼 허물어질걸세. 내 말은, 그걸 자네가 감당할 수 있겠느냐는 말이네."

"모래성이라면 언젠가는 무너지겠죠. 그래야 새로운 형태의 성을 만들 수 있을 테니까요. 파도에 모래가 쓸려 가는 것처럼 변화가 이뤄지려면 약간의 희생은 불가피하다고 생각합니다."

"경영은 수학이 아니네. 90%를 살리기 위해 10%를 희생한다고 해도 실제로 90%가 다 살아남지는 못하네. 10%가 50%도 될 수 있는 게 이 세계라네."

"그럼 회장님께서 다른 방법을 제시해 주십시오. 저는 최소한 효율성 재고라는 제 경영 방식에 아무런 의심을 하고 있지 않습니다. 이제 나올 만한 신약은 다 나왔고 새로운 성장 동력을 찾기가 점점 힘들어지고 있습니다. 회장님이 제네스를 경영하던 황금기와 지금은 상황이 완전히 다릅니다. 지금 상황에서 회장님이라면 어떻게 하실 겁니까?"

두 사람 사이에 잠시 침묵이 흘렀다.

듀레인 회장은 특유의 심유한 눈빛으로 마크 램버트를 응시했다.

4년 전에도 그는 뛰어난 사업가였다.

지금의 느낌은 완숙기에 도달했다고 해야 할까. 어느새 듀레인 회장에게도 거의 밀리지 않는 카리스마를 보여 주고 있었다.

어색한 침묵을 깨고 마크 램버트가 자신의 의지를 다시 한 번 보였다.

"회장님, 제가 CEO가 된 지 벌써 4년이 지났습니다. 그동안은 회장님께서 CEO이셨을 때 진행하던 사업방향과 전략을 따랐습니다. 하지만 이제는 저만의 경영을 해보고 싶습니다. E디테일을 이사회 안건에 올려 주십시오."

대답을 미룬 듀레인 회장이 잠시 눈을 감았다.

중요한 결정을 내릴 때 하는 그의 버릇이었다.

듀레인 회장 역시 변화는 필요하다고 생각했다.

고인 물은 썩기 마련.

변화하지 않는 기업은 악취를 풍기게 되어 있었다.

그 변화를 위해서 자신이 데려온 사람이 마크 램버트였다.

하지만 지금 그가 주장하는 E디테일은 변화가 아닌 파격이었다. 영업을 중시하는 문화는 창립한 이래로 100여 년 동안 이어져 온 제네스의 전통이었다.

마크 램버트는 그 전통을 부정하고 있었다.

하지만 한편으로는 그의 말에 일리가 있었다. 세계는 점점 측정할 수 없는 속도로 빨리 변하고 있었다.

마크 램버트의 주장이 말이 안 된다고 말할 수 없는 이유였다.

확신이 서지 않았다.

전통과 혁신.

어떤 쪽이 정답일까.

듀레인 회장은 정답을 선택하는 사람이 최소한 자신이 되어서는 안 된다고 생각했다.

방향타를 움직이는 일은 다음 세대의 몫이었다.

그리고 회사의 방향을 결정하는 사람은 CEO여야 했다. 4년 전 자신은 CEO를 마크 램버트에게 넘겨줬다.

다만 마크에게 회사를 운영하는 데 있어 효율성이 전부가 아니라는 것을 알려 줄 사람이 필요했다. 말로서가 아니라 결과로 보여 줄 수 있는 사람.

듀레인 회장의 머릿속에 선한 인상의 동양에서 온 젊은이가 떠올랐다.

유빈이 뉴욕에서 보여 준 놀라운 통찰력과 사람을 끌어당기는 힘은 수많은 사람을 만나 본 듀레인 회장에게도 즐거운 놀라움을 선사했다.

그가 뉴욕 본사에서 일할 수 있게 도움을 주려고도 했지만, 유빈은 자신의 힘만으로 목표를 향해 한 계단, 한 계단 오르고 있었다.

유빈이라면.

유빈이라면 마크를 견제하면서 회사가 올바른 방향으로 나갈 수 있도록 도울 수 있을 것 같았다.

아직 두 사람이 서 있는 위치가 차이가 나지만, 유빈이라면 곧 비슷한 계단까지 오를 거라는 믿음이 있었다.

지금 듀레인 회장이 할 수 있는 일은 두 사람의 출발선이 다른 만큼 유빈에게도 동일한 기회를 만들어주는 것이었다.

마음을 정한 듀레인 회장이 천천히 눈을 떴다.

마크 램버트는 여전히 대답을 기다리며 그를 뚫어지게 쳐다보고 있었다.

"마크, 자네 말대로 하지."

기어이 나온 대답에 마크 램버트의 표정이 처음으로 흔들렸다. 놀람에 이은 불신이 표정에 그대로 드러났다.

"네?"

"이사회 안건에 E디테일을 올리겠네."

마크 램버트는 듀레인 회장이 당연히 안건 상정을 거부할 거로 예상했다.

그래서 준비한 패가 셀아키텍트에 대한 부적절한 투자와 미래전략연구소 팀장인 앤 해밀턴과의 관계를 폭로하는 것이었다.

마크 램버트는 에이티제이를 인수하면서 셀아키텍트가 에이티제이의 블록버스터 약품인 애브비의 바이오시밀러를 개발해 임상 중이라는 사실을 알았다.

그의 입장에서 보면 듀레인 회장의 투자는 회사의 결정과 반대되는 방향이었다. 개인적인 투자를 할 수는 있지만 듀레인 회장의 명성을 봤을 때, 단순하게 생각할 수 있는 문제가 아니었다.

게다가 그 결정을 내리는 데 손녀인 앤 해밀턴과 제네스 코리아의 말단 사원이 결정적인 역할을 했다면 듀레인 회장의 명성에도 금이 갈 수 있었다.

이 패를 준비하는 데 상당한 공을 들였다.

그런데 허무하게도 듀레인 회장이 시원하게 승낙을 한 것이다.

자신이 준비한 패와 교환하는 조건으로 이사회 안건상정을 승낙받으려 했던 마크 램버트의 눈동자가 흔들렸다. 동분서주하며 유빈, 앤, 그리고 듀레인 회장 세 사람의 관계를 밝힌 톰 로렌스의 노력은 그대로 물거품이 되어 버렸다.

"왜 그렇게 놀라는가?"

"아, 아닙니다."

램버트를 흥미롭게 쳐다보던 듀레인 회장이 지나가듯 물었다.

"자네, 한국에 로렌스를 보냈나?"

"……그게 얼마 전에 아시아 리전을 한 바퀴 돈 적이 있습니다. 그때 잠깐 들렀을 겁니다."

"그래?"

"시장 조사를 위한 출장이었습니다."

"흐음, 그렇구먼."

알 듯 모를 듯한 잔잔한 미소를 지은 듀레인 회장은 잠시 램버트를 응시하다가 다시 본론으로 들어갔다.

"한 가지 조건이 있네."

"조건이요?"

듀레인 회장의 질문에 마크 램버트의 굳어졌던 표정이 조금 더 굳어졌다.

"나비로이에 한해서 각 리전에 자율권을 주게."

"자율권이라면……."

"자네가 유럽에서 E디테일로 새로운 시도를 하는 만큼 다른 리전에도 기회를 줘 보는 건 어떤가 해서 말이네."

마크 램버트가 듀레인 회장의 숨은 뜻을 파악해 보려 했지만 전혀 떠오르는 것이 없었다.

다른 리전에서 도대체 무슨 시도를 한단 말인가.

나비로이의 글로벌 런칭은 이제 2개월밖에 남지 않았다.

기존의 전통적인 영업 방식 말고 새로운 시도를 한다?

남은 기간을 떠나서 새로운 시도 따위가 있을 리 없었다.

그렇지만 듀레인 회장이 아무 생각 없이 이런 조건을 내걸 리도 없었다.

"힘들겠는가?"

"그럴 리가요. 조건을 받아들이겠습니다."

아무래도 상관없었다.

다른 리전에서 어떤 수를 써도 2년간 철저하게 준비한 E디테일만큼 성공할 리도, 이슈가 될 리도 없었다.

"어떤 결과가 나오든 있는 그대로 받아들이길 바라네. 자, 열심히 해보게."

듀레인 회장이 마크 램버트의 어깨를 툭툭 두드려 줬다.

손이 닿을 때 잠깐 움찔했지만, 마크 램버트는 피하지 않고 그대로 서 있었다. 그의 표정이 묘하게 변했다.

듀레인 회장의 마지막 말이 머릿속을 계속 맴돌았다.

한국에서와 마찬가지로 누구보다 일찍 아시아 본부에 출근한 유빈이 컴퓨터를 켰다.

이제 본격적으로 BD팀의 업무를 시작할 때였다.

"자, 메일부터 확인할까."

유빈이 가벼운 손놀림으로 회사 인트라넷에 접속했다.

몇 개의 새로운 메일이 와 있었다.

습관적으로 제일 위에 있는 메일을 열자 나비로이의 글로벌 런칭과 유럽 리전에서의 E디테일을 알리는 기자 회견과 런칭 쇼에 대한 내용이 들어 있었다.

"E디테일이 뭐지?"

궁금했지만 자세한 내용이 나와 있지 않아 다음 메일을 확인하려던 유빈의 눈썹이 위로 올라갔다.

"회장님?"

듀레인 회장에게 온 메일이었다. 유빈이 곧바로 메일을 클릭했다.

Dear. 유빈.

아시아 리전에서의 새로운 일에는 잘 적응하고 있는가? 새로운 업무와 환경에 적응하는 일이 쉽지는 않겠지.

그래도 자네라면 잘하고 있을 거로 생각하네.

아시아 본부의 매너저로 발령 났다고 했을 때, 몇 가지 해주고 싶은 이야기가 있었는데 전화상으로는 길 것 같아서 이렇게 메일을 보내네.

부디 옛날 사람의 잔소리로 생각하지 말고 자네를 아끼는 나의 마음이라고 받아들이기를 바라네.

유빈, 자네는 상대적으로 짧은 경력으로 그것도 젊은 나이에 매너저의 자리에 올랐으니 드러나지는 않아도 견제하거나 질투하는 무리가 생길 걸세.

인간이 모여 있는 집단이라면 어쩔 수 없지.

욕심, 질투 그런 감정들이 만들어 내는 현상이지.

극복해내는 과정에서 아군도 생길 거고 심하게 말하면 적도 생길 걸세.

자네라면 그들의 견제도 현명하게 극복할 거로 믿지만, 그런 과정에서 적은 최소화하고 믿을 수 있는 동료는 최대한 많이 만들게.

그 방법을 깨우친다면 위기를 극복할 때마다 동료는 많아지고 적은 줄어들걸세.

인생도 마찬가지지만 회사 생활에서 인맥만큼 커리어에 도움이 되는 덕목이 없다네.

좋은 동료를 만들게.

그에 더해서 한 가지 덧붙이자면 모든 사람과 함께 갈 수는 없네. 자네와 생각과 성향이 완전히 반대인 사람도 있을 수 있네. 무리하게 그런 사람까지 챙기려 하다 보면 에너지만 빼앗길 걸세.

같이 갈 것인지 아닌지 결정을 내리기 전에 그 사람을 잘 살펴보게.

며칠 전 마크 램버트와 독대를 했네. 이사회가 열리기 전이었지.

그에 과거에 관한 짧은 이야기를 해주겠네.

내가 언젠가 마크 램버트에게 왜 그렇게 효율성을 중시하느냐고 물은 적이 있었네. 그 당시에는 바로 대답하지 않았지만, 한참 후에 그가 술에 취해 자신의 과거를 털어놓더군.

마크 램버트의 아버지는 브루클린에서 작은 제조 회사를 운영하는 사장이자 공장장이었네. 대기업에 납품하는 회사였지.

잘 유지되던 회사는 경기가 안 좋아지면서 어려워지기 시작했네.

그때 주변 사람들이 어려울 동안만이라도 직원들을 해고하라고 마크 램버트의 아버지에게 조언했지만, 직원을 아끼던 그는 차마 그렇게 하지 못했네. 결국, 빚을 갚지 못한 회사는 다른 사람에게 넘어갔네.

그 뒤는 말하지 않아도 알겠지.

불행한 일들이 이어졌네. 어린 마크 램버트는 그때 직원들만 해고했다면 가족이 뿔뿔이 흩어지지 않았을 거로 생각했네. 그런 마음이 이어진 거지.

어떻게 생각하면 마크 램버트는 나에게서 아버지의 모습을 본 걸지도 모르네. 내가 없어져야 회사가 제대로 돌아갈 것으로 생각한 거지.

어떤가?

그를 겉으로만 알았을 때와는 다른 생각이 들지 않나?

물론 동정하라는 뜻은 아니네.

그의 생각과 신념에 관해서는 자네도 잘 알고 있겠지.

그 확고함이 어디서 왔는지 알고 있으면 그를 상대하는 데 혹은 이해하는 데 도움이 될 걸세.

이번에 그는 E디테일이라는 자신의 신념이 담긴 시스템을 개발했네. 그리고 이사회에서 승인을 받았지.

그가 야심차게 준비한 나비로이의 E디테일 성공 여부에 따라 제네스라고 하는 배가 앞으로 어떤 방향으로 움직일지 결정이 될 걸세.

자네가 참고할 수 있도록 E디테일의 발표 자료를 첨부했네.

유빈은 메일을 끝까지 읽고 싶었지만, E디테일에 관한 궁금함을 이기지 못하고 첨부 파일을 클릭했다.

이사회에서 승인되었다면 듀레인 회장도 동의했다는 의미였다.

천천히 PPT 파일을 넘기는 유빈의 표정이 진중해졌다.

"과연⋯⋯."

감탄이 나올 정도로 잘 만들어진 시스템이었다. 듀레인 회장의 말처럼 곳곳에 군더더기 없는 효율성이 녹아 있었다. 다만, 유빈의 예상처럼 시스템은 사람이 끼어들 여지를 최대한 배제하고 있었다.

마크 램버트가 승부를 걸었다는 느낌이었다.

하지만 듀레인 회장은 무슨 생각으로 이걸 승인했을까? 그리고 E디테일을 자신한테 보낸 이유는 무엇일까?

메일의 뒷부분에서 해답을 찾을 수밖에 없었다.

그의 발표를 들으면서 생각에 생각을 거듭했지만, 나는 판단을 내리지 못했네.

E디테일은 내가 기존에 알고 있던 영업 방식과는 패러다임 자체

가 다른 것이었기에 더욱 판단하기가 어려웠네.

내가 미래의 변화를 받아들이기를 거부하는 걸까?

어찌 됐든 결정을 내리는 사람이 과거의 인물인 내가 돼서는 안된다는 확신이 들었지.

그 대답을 할 수 없기에 나는 조건부로 이사회 안건 상정을 승낙했네.

난 그 답변을 새로운 세대에게 맡겨 보고 싶네.

그래, 바로 자네에게.

내가 너무 큰 부담을 주었나?

내가 아는 자네라면 나뿐만이 아니라 마크에게도 새로운 길을 보여 줄 수 있을 거라는 믿음이 있네.

이번 나비로이의 런칭은 단순한 약품의 런칭이 아니라 회사의 방향을 결정하게 되는 시험이 될 걸세.

그 말은 자네가 이번 기회에 두각을 드러낸다면 임원들에게 존재감을 보일 수 있을 뿐만 아니라 마크 램버트와의 거리도 좁힐 수 있는 계기가 될 거라는 뜻이네.

부디 마크 램버트, 그리고 나에게도 정신이 번쩍 들 만한 신선한 한 방을 날려 주길 기대하겠네.

Sincerely Yours, 다니엘 듀레인.

메일을 끝까지 읽은 유빈이 무거운 한숨을 내뱉었다.

너무 많은 내용이 들어 있어서 마음과 머리를 정리할 필요가 있었다.

자신에게 품고 있는 회장의 무거운 기대가 어깨를 짓누르려 했지만, 유빈은 움츠려 들지 않았다.

회장의 당부가 아니더라도 어차피 가야 할 길이었다.

"기회인가⋯⋯."

BD 매니저로서 그는 이미 큰 그림은 그려 놓고 있었다. 이제는 그림의 세세한 부분을 칠할 때였다.

가장 먼저 손을 대야 할 일은 듀레인 회장의 당부처럼 동료를 구하는 일이었다.

돌아보면 한국에서도 유빈은 주변 사람들에게 많은 도움을 받았다.

여자친구인 주서윤은 물론이고 이혁 지점장, 동기인 황연희, 메디파트너스의 최재승 대표와 말과 그림의 박정균 과장까지 그들의 도움이 없었으면 이 자리까지 올 수도 없었다.

지금도 마찬가지였다.

CEO까지는 가야 할 길이 구만리였다.

이번 BD팀의 프로젝트뿐만 아니라 앞으로도 함께 길을 걸을 수 있는 동료가 필요했다.

유빈이 판단하기에 마크 램버트가 추진력이 있는 리더라면 톰 로렌스는 그 뒤를 받쳐 주는 책사 같은 존재였다.

둘 사이가 개인적으로 어떨지는 모르지만, 업무적으로는 서로의 단점을 보완해 주는 관계임이 확실했다.

유빈이 원하는 것은 그들 이상의 시너지를 낼 수 있는 팀이었다. 최상의 성과를 내면서도 서로를 북돋워 주고 마음을 나눌 수 있는 팀.

최상렬과의 마지막 만남에서 그에게 한 이야기를 떠올렸다.

'사람들을 아우르고 동시에 그 사람들이 나를 도와주고 싶은 마음이 들게 만드는 힘. 저는 이 힘이 CEO의 가장 중요한 자질 중 하나라고 생각합니다. 제 주변에 좋은 사람들이 많아질수록 제가 높이 올라가는 데 도움을 줄 겁니다.'

최상렬에게 들려주고 싶은 이야기였을 뿐만 아니라 자신에게 들려주는 다짐이었다.

'미스터 나라옌이 뉴욕에서 돌아오면 바로 발령을 낼 수 있게 해야 해.'

나비로이의 글로벌 런칭은 2개월 후인 4월이었다.

유빈은 침착하게 한 가지씩 해치우기 시작했다. 우선 뉴욕에 있는 나라옌 CEO에게 메일을 보냈다.

아시아 본부 전 직원의 인사 자료를 확인하려면 그의 허락이 있어야 했다.

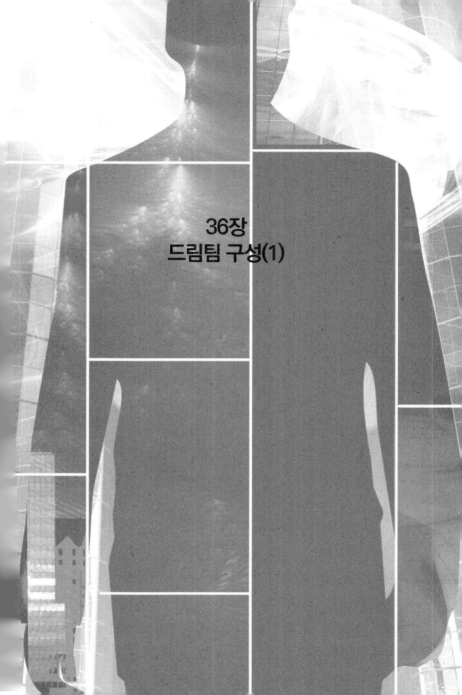

36장
드림팀 구성(1)

유빈이 아시아 본부 항암사업부 마케팅팀에 앉아 있는 남자에게 주목했다.

사진보다는 조금 더 나이가 들어 보이는 남자는 성의 없이 서류를 들여다보는 것처럼 보였다.

'자세가 변함이 없네.'

3일을 연속해서 지켜봤지만 조용한 남자였다. 앉아 있는 책상에서 소리도 거의 내지 않았고 주위도 둘러보지 않았다.

낯선 사람이 3일 동안 주변을 돌아다니는데도 일에 집중하는지 전혀 알아채지 못했다.

유빈이 슬쩍 책상 위를 보니 그는 여전히 바인더의 자료를 분석하며 보고서를 작성하고 있었다. 그런데 3일 전과는 달리 그가 보는 두꺼운 바인더 부분은 거의 끝 부분을 향해 달리고 있었다.

시력을 돋아보니 정확하지는 않지만, 아시아 시장의 항암제 매출 추이에 대한 로우 데이터((raw data, 분석이나 집계가 되기 전의 데이터) 같았다.

항암사업부 마케팅 헤드와의 면담을 통해 남자가 하는 일이 1개월 말미가 주어진 일이라는 것을 유빈은 알고 있었다. 그런데 남자는 3일 만에 분석을 거의 끝내 놓고 리포트를 작성하고 있었다.

믿기지 않는 빠른 속도로 서류가 넘어갔지만, 유빈은 그가 대충 보고 있지 않다는 사실을 알았다.

그를 감싸고 엄청나게 밝게 빛나는 오라가 알려 주고 있었다.

인재 욕심이라는 게 이런 걸까?

유빈은 한국에서 PPL을 위한 드라마를 선택할 때처럼 자신이 가지고 있는 모든 능력을 사용했다.

전생의 힘은 아무리 마크 램버트라도 상상할 수 없는 능력이었다. 이제는 가지고 있는 모든 힘을 쏟을 때였다.

유빈이 먼저 한 일은 이력서에 담긴 직원들의 사진을 확인하는 것이었다. 실적, 경력의 확인은 차후의 일이었다. 드라마 '우리 집 막내'의 주인공 이소영을 발견한 기적도 바로 사진에서 뽑어져 나왔던 기운 때문이었다.

연달아 인사 자료를 넘기던 유빈의 눈이 번뜩였다.

드디어 그런 기운을 보이는 후보자를 발견했다.

그 첫 번째가 바로 츠카모토 타츠야였다.

그의 능력을 다시 한 번 확인한 유빈이 츠카모토 타츠야에 대해 정리한 자료를 다시 한 번 읽었다.

츠카모토 타츠야.

39세. 남성.

제네스 재팬 영업팀과 마케팅팀 경력 7년.

일본에서 간암 표적치료 항암제인 네스트 PM으로 약품을 성공적으로 런칭하고 매출을 증대시켰음.

제약회사에서는 잘 사용하지 않는 마이크로마케팅을 도입해서 괄목할 만한 매출 증가를 끌어냄.

그 공로로 커리어 패스 프로그램을 통해 아시아 리전에서 일하게 된 지 1년.

맡겨진 일은 깔끔하게 그리고 조용조용하게 처리해서 업무적으로는 신뢰를 받고 있지만, 단순 업무의 연속으로 일본에서만큼 능력을 발휘하지는 못함.

인간관계에서도 소극적 태도로 일관. 시키는 일 이상은 움직이지 않아서 상사의 평가는 그다지 좋지 않음.

아시아 리전에서 근무한 지 1년이 다되었지만 친하게 지내는 직원 없음.

향수병이 있음(지나가는 말로 일본이 그립다는 말을 자주함).

책상 위에 놓여 있는 애니메이션 피규어와 스타워즈 포스터로 볼 때 그쪽의 덕후로 보임.

아시아 각국의 맞춤 마케팅을 위해서 개별 시장의 분석이 필요했다.

마이크로 마케팅의 전문가인 그의 분석력은 나이로비의 매출을 증가시키는 데 꼭 필요한 요소였다. 그는 뛰어난 분석가이자 성향으로는 타고난 서포터였다. 팀의 밸런스를 유지하려면 자기주장이 강한 사람만 있어서는 어려운 일이었다. 그런 면에서 그는 삼각형의 한 꼭지에 적합한 직원이었다.

타츠야는 여러 가지 의미로 꼭 필요한 인재인 만큼 유빈도 살짝 조바심이 났다.

여전히 눈치채지 못하고 자료에 파묻혀 있는 남자에게 유빈이 천천히 다가갔다.

"미스터 츠카모토?"

"누구……?"

타츠야가 놀란 표정과 함께 고개를 들었다.

예의가 아니라고 생각했는지 일본인 특유의 영어 발음으로 정중하게 대답과 질문을 함께했다.

"맞습니다만, 누구십니까?"

덧니가 인상적인 작은 체형의 남자에게 유빈이 손을 내밀었다.

"저는 BD팀의 매니저 김유빈이라고 합니다. 업무 관련해서 이야기를 나누고 싶습니다."

유빈의 말에 남자는 일어서서 소심하게 악수를 받았지만 오라는 방어하는 마음을 대변해 주고 있었다. 잘 알지 못하는 사람이 자신의 영역에 침범한 사실이 불편한 모양이었다.

타츠야와는 반대로 뭔가를 확인한 유빈은 만족스러운 미소를 지었다.

"무슨 이야기를……."

유빈은 돌리지 않고 단도직입적으로 말했다.

"타츠야 씨에게 스카우트 제의를 하려고 합니다."

타츠야의 동공이 순간 확장되었다.

그가 불안하게 주위를 살폈다. 다행히 다들 자기 일에 열중해 있었다. 유빈은 그의 반응과는 상관없이 말을 이어 갔다.

"타츠야 씨의 이력을 살펴봤는데 커리어 패스 프로그램을 완수하려면 아시아 본부에서 2년, 일본을 제외한 다른 지사에서 1년 이상을 근무해야 하더군요. 이제 본부에서 1년을 채운 거죠?"

"……그렇습니다만."

타츠야는 여전히 경계를 풀지 않았다.

낯선 사람이 자신에 대해 살펴봤다고 하니 더욱 그랬다.

"프로그램을 1년 정도 단축하고 싶지는 않나요?"

"에? 그게…… 가능한가요?"

기간을 줄일 수 있다는 말에 그의 눈이 살짝 커졌다.

마치 보이스피싱 사기범을 상대하는 사람처럼 조심스러운 태도였다.

"저와 함께하면 정상적으로 프로그램을 완수한 것으로 처리될 겁니다. 1년 빨리 고국으로 돌아갈 수 있게 되는 거죠."

유빈은 주변 사람과의 인터뷰를 통해 타츠야가 향수병이 심하다는 사실을 알았다. 그는 일본으로 빨리 돌아가고 싶어 했다.

유빈은 BD팀을 운영하면서 자신의 동기로 팀을 묶을 생각은 없었다. 유빈의 동기는 나비로이의 아시아 리전 매출로 유럽을 눌러 마크 램버트에게 제대로 한 방 먹이는 것이었다.

하지만 팀원이라고 해서 자신의 동기를 강요할 수는 없었다. 아니, 강요할 수는 있었지만 그래서는 목표에 도달하기가 어려웠다.

자발적으로 열심히 일하게 하려면 그의 원트를 들어주는 수밖에 없었다.

유빈이 파악한 타츠야의 동기 중 가장 강력한 것이 일본으로 빨리 돌아가는 것이었다.

타츠야는 자신의 고민을 한 번에 해결해 줄 제안을 하는 낯선 남자를 빤히 쳐다봤다.

매일 아침에 하는 기도가 하늘에 통한 것일까?

타츠야는 머릿속이 복잡한지 바로 대답을 하지 않았다. 유빈을 경계하는 오라는 여전했다.

방어벽이 두터운 남자였다.

유빈이 아무리 자신의 오라로 상대방의 경계심을 허물어뜨리려 해도 소용이 없었다.

"그럼 이렇게 하죠."

유빈이 서류 케이스에서 뭔가를 꺼내 그에게 건네줬다.

"이건……."

"제 이력서입니다."

"네?"

"제가 입사해서 지금까지 제가 한 일이 그 안에 고스란히 들어 있습니다. 미스터 츠카모토라면 제가 어떤 사람인지 충분히 분석할 수 있을 겁니다."

타츠야가 황당한 눈으로 유빈을 쳐다봤다.

스카우트하러 왔다고 하면서 자신의 이력서를 준다?

듣도 보도 못한 일이었다.

"그럼 전 잠깐 저쪽에 서 있겠습니다."

유빈이 대답도 듣지 않고 복도 쪽으로 걸어갔다.

어정쩡하게 서 있던 타츠야는 마지못해 유빈이 건네준 이력서를 읽어 내려갔다. 그의 표정이 중간중간 변하면서 유빈이 서 있는 방향을 슬쩍 쳐다봤다.

말도 안 되는 이력이었다.

타츠야도 일본에서는 누구보다 빨리 승진을 했다.

하지만 유빈과는 비교조차 되지 않았다.

입사한 지 2년 만에 매니저라고? 그것도 아시아 본부의 매니저?

기간보다 더 놀라운 것은 유빈이 한국에서 성취한 일이었다.

"어떻게 이런 경력을……."

이력서를 다 본 그가 조용히 중얼거렸다. 그러고는 조심스럽게 유빈에게 다가가 이력서를 돌려줬다.

"잘 봤습니다. 대단한 분이군요."

"……고맙습니다."

예상보다 삭막한 반응이었다.

오라는 분명히 요동을 쳤는데 일본인답게 겉으로 드러내는 감정은 오라의 십 분의 일도 되지 않았다. 이 정도면 흥미를 보일만도 한데 그는 요지부동이었다.

유빈을 바라보는 눈빛 역시 조금은 달라졌지만, 아직 부족했다.

'유빈의 능력은 인정하지만, 그렇다고 잘 알지도 못하는 사람과 함께할 정도는 아니다'라는 느낌이 강했다.

"혹시 제가 드린 제안에 흥미가 생기면 BD팀으로 찾아오시기 바랍니다."

여기서 무리하는 것보다는 뒤를 기약하는 편이 나았다. 유빈은 아무렇지도 않은 듯이 인사를 했다.

"네, 뭐, 알겠습니다."

오라가 아니더라도 오지 않으리라는 것 정도는 알 수 있었다.

역시 쉽지는 않았다.

다른 방법을 생각하던 유빈의 눈이 그의 책상 위에 잠시 머물렀다.

3일 후 금요일.

타츠야는 퇴근 시간이 다가오자 누구보다 빨리 책상 정리를 시작했다. 보스가 내준 한 달짜리 업무는 일주일 만에 끝내 놓은 상태였다. 물론 보고서는 한 달을 다 채워서 넘길 생각이었다. 미리 넘겨서 다른 일을 떠맡을 필요는 없었다.

회사에서는 일하는 척이라도 해야 하지만 주말은 온전히 그의 시간이었다.

연고 하나 없는 타지에서 그에게 유일한 즐거움이란 일본에서 공수해 온 게임과 스타워즈였다.

퇴근 시간까지 남은 10분이 그렇게 길 수가 없었다.

그렇게 들키지 않게 시계만 보고 있던 타츠야를 부르는 소리가 들렸다.

"미스터 츠카모토, 잠깐 제 사무실로 오세요."

예상하지 못한 보스의 호출에 화들짝 놀란 타츠야가 자리에서 벌떡 일어났다.

'너무 일찍 퇴근 준비를 했나?'

불안한 마음을 안고 항암사업부 마케팅 헤드인 미즈 콜슨의 업무실로 들어갔다.

다행히도 그의 예상과는 달리 미즈 콜슨의 표정은 밝았다.

"미스터 츠카모토, 제출한 보고서는 잘 읽었습니다. 한 달이라는 기간을 줬는데도 이렇게 빨리해 주셔서 고맙습니다."

미즈 콜슨이 새삼스러운 눈빛으로 타츠야를 바라봤다.

지금껏 항상 시한이 다 돼서야 보고서를 제출하던 그였다.

"내용도 정말 훌륭합니다. 세세한 부분까지 놓치지 않았더군요. 마케팅 플랜을 짜는 데 큰 도움이 될 것 같습니다."

타츠야는 그저 아무 말도 못 하고 있었다.

보고서? 무슨 보고서?

미즈 콜슨이 내준 업무에 대한 보고서는 그의 개인 캐비닛에 고이 모셔져 있었다.

누가 엿 먹이려고 몰래 꺼내다 제출한 걸까?

확인해 보지 않을 수 없었다.

"저 미즈 콜슨, 사실은 저, 제출하고 보니까 약간 미흡한 부분이 생각나서 그러는데 조금 더 정리해서 내일 아, 내일은 토요일이지. 월요일에 드려도 될까요?"

"네? 그래요? 제가 보기에는 충분한 것 같은데⋯⋯."

"아닙니다. 아직 부족한 부분이 조금 있는 것도 같습니다."

"그렇게 하세요. 그럼. 그리고 지금처럼 능동적인 모습 좋아요. 앞으로도 그렇게 해주세요."

"아, 알겠습니다."

너무 당황한 나머지 말이 제대로 나오지도 않았다.

하얗게 질린 타츠야가 보고서를 품 안에 품고 자리로 돌아왔다.

퇴근에 대한 생각은 이미 머릿속에서 사라진 상태였다. 범인이 누구인지 찾아야 했다.

단서라도 얻기 위해 타츠야는 미즈 콜슨에게서 회수(?)해 온 보고서를 읽어 내려갔다.

"어, 어라?"

처음에는 타츠야와 비슷한 분석이 이어졌다. 하지만 디테일한 부분에서 조금씩 차이가 났다.

"흐음, 이게 이럴 생각할 수도 있구나."

"이야, 이거는 생각 못 했네."

"으음……."

한 장씩 보고서를 넘기면서 타츠야의 표정이 심각해졌다. 그가 간과한 부분을 보고서를 쓴 사람은 놓치지 않고 있었다. 그뿐만이 아니었다.

누군지는 몰라도 시야가 굉장히 넓은 사람이었다.

해결책을 제시하는 부분에서 타츠야가 국지적인 해법을 내놨다면 이 보고서는 포괄적이면서 세부적인 내용까지 커버할 수 있는 해법을 제안하고 있었다.

보고서 자체도 심플하면서 깔끔했다.

자신의 보고서도 나쁘지 않았지만, 눈이 가는 쪽은 지금 들고 있는 것이었다.

약간 주저리주저리 말을 풀어 놓는 자신의 스타일을 업그레이드시켜 놓은 듯한 보고서였다.

마지막까지 내용을 모두 확인한 타츠야가 긴 한숨을 내뱉었다.

한 수 배운 느낌이 드는 동시에 작성자가 너무나 궁금해졌다.

타츠야는 자료 분석에 관해서 만큼은 지금까지 자신보다 뛰어난 사람을 만난 적이 없었다.

"응?"

다시 한 번 보고서를 살펴보던 츠카모토의 눈에 이상한 표시가 들어왔다. 꼼꼼한 그라 발견할 수 있는 일이었다.

"어라, 여기 도표에서 왜 이것만 대문자지?"

보고서를 넘기면서 하나하나 어울리지 않는 글자를 나열했다.

20F, BD.

"뭐지? 단서인가? 20F면 20층을 말하는 건가?"

츠카모토는 보고서의 작성자가 일부러 표시를 남긴 것으로 생각했다.

단서는 타츠야가 찾아오기를 바라고 있었다. 누군지는 모르지만, 게임을 좋아하는 타츠야의 성향을 제대로 파악하고 있었다.

그는 망설이지 않고 자리에서 일어났다. 어느새 다른 사람들은 다 퇴근하고 한참 뒤였다.

20층 역시 직원들은 거의 모두 퇴근한 후라 한산했다.

막 퇴근하려는 참인지 히잡을 쓴 여직원이 미소를 보내며 그의 옆을 지나갔다.

"저기, 미안한데 이 층에…… BD라는 게 있나요?"

"BD요? BD면 Business Development인데요. 유빈 킴 매니저를 찾아오셨나요?"

여직원의 말을 들은 타츠야가 눈을 깜박였다.

2단계 클리어!

BD는 해결이 되었다. 동시에 떠오르는 사람이 있었다.

며칠 전 그를 스카우트하겠다고 찾아온 동양인이었다.

"유빈 킴 매니저님이라면 아직 사무실에 있어요. 저쪽으로 쭉 가시면 돼요."

"아, 감사합니다."

명패가 달린 BD팀 매니저의 업무실 앞에서 타츠야가 잠시 망설였다. 무슨 말부터 해야 할지 떠오르지 않았다.

멀뚱히 서 있자 기다리고 있었다는 듯이 문이 스르륵 열렸다.

"미스터 츠카모토, 들어오시죠."

유빈이 사람 좋은 웃음으로 그를 맞았다.

"아, 안녕하세요."

반면에 타츠야는 무안한 표정으로 인사를 했다.

"퇴근 시간도 지났는데 무슨 일이십니까?"

"아, 저, 그게…… 혹시 이 보고서 매니저님께서 쓰신 건가요?"

타츠야가 품 안에서 주섬주섬 보고서를 꺼냈다.

"네, 맞습니다. 그게 왜 미스터 츠카모토에게 있죠? 저는 미즈 콜슨의 자리에 두었는데요."

뻔뻔한 유빈의 대답에 타츠야는 머릿속이 복잡해졌다.

"왜 그러시나요? 제가 미스터 츠카모토의 일을 대신 해드려서 좋지 않으세요?"

"아니, 지금 상황이 뭔가 이상한 것 같은데요. 왜 BD팀 매니저님이 제 대신 보고서를 작성해서 제출까지 하셨는지 이해가 안 됩니다."

"정말 그걸 물어보려고 여기까지 찾아온 건가요?"

"……그것도 그렇고, 저, 어떻게 보고서를 작성하셨는지 궁금하기도 해서요."

"읽어 봤나요?"

"읽어 봤습니다."

"어떤가요?"

"……며칠 걸리셨는지 물어봐도 될까요?"

"3일 걸렸습니다. 제가 미스터 츠카모토에게 스카우트 제안을 한 날, 미즈 콜슨에게 부탁해 자료를 받았습니다."

유빈은 대답을 듣지 않아도 타츠야의 표정으로 그가 보고서를 보고 어떤 생각을 했는지 알 수 있었다.

"3일이라고요? 도대체 어떻게?"

타츠야도 분석은 3일 만에 끝냈지만, 보고서를 작성하는데는 일주일이 걸렸다.

믿을 수 없는 게 솔직한 마음이었다.

"궁금합니까? '궁금하면 오백 원'이라고 해도 못 알아듣겠죠……."

유빈의 알 수 없는 말에 타츠야는 대꾸할 말을 생각하지 못했다.

"그럼 제다이의 마인드 트릭(Jedi mind tricks)이라고 하죠."

"네?"

"스타워즈 좋아하지 않나요? 자리에 포스터도 붙여 놨던데."

"좋아합니다만…… 마인드 트릭이라니……."

"이렇게 설명을 하죠. 스타워즈에서 강력한 황제와 그의 제국을 무너트리기 위해서는 제다이 한 사람의 힘으로는 불가능하죠. 그래서 제다이는 여러 행성을 떠돌아다니며 황제에 대항해 같이 싸울 동료를 구합니다."

"……."

타츠야의 황당해 하는 반응에 굴하지 않고 유빈은 이야기를 이어 갔다.

"어느 날, 제다이는 어떤 행성에서 잠재력이 큰 동료를 발견하게 됩니다. 그런데 이 친구는 자신의 재능을 이용해 편하게 살면서 하루하루를 허투루 보내고 있었죠. 그의 고향이 있는 행성으로 돌아갈 날만 그리워하면서요."

타츠야의 표정이 순간 변했다.

유빈이 이야기에서 누구를 지칭하는지 알았기 때문이었다.

"제다이는 그를 찾아가 황제에 대항해서 함께 싸우자고 하죠. 하지만 편안한 일상에 깊게 빠져 있는 그는 제다이를 의심하고 따르려 하지 않죠."

"……그래서요?"

"그래서 제다이는 그 친구를 설득하기 위해 마인드 트릭을 사용한 겁니다."

"……그런 거였군요. 정말 마인드 트릭이었군요."

스타워즈의 이야기에 살짝 긴장이 풀린 타츠야가 웃음을 보이자 이야기하던 유빈의 표정은 오히려 진지해졌다.

"지금 미스터 츠카모토는 재능을 낭비하고 있습니다."

"그게 무슨…….."

"일주일 정도 지켜보니 알겠더군요. 상사가 한 달의 말미를 준 보고서는 일주일 안에 해치워 버리고 나머지 시간은 업무와 관계없이 딴생각만 하면서 보내고 있다는 사실 말입니다."

타츠야의 얼굴이 하얗게 질렸다. 아무도 알지 못할 거로 생각했다.

"사람들은 바보가 아닙니다. 열심히 일하는 사람과 요령을 피우는 사람은 차이가 날 수밖에 없습니다."

"하지만 보스는 저한테 허구한 날 자료 분석 일만 시킵니다. 대안도 제시해 봤지만, 전혀 마케팅 플랜에 고려하지 않더군요. 저도 처음에는 열심히 해볼 생각이었습니다."

타츠야가 처음으로 속마음을 털어놨다.

일 년간의 아시아 지부 생활에 실망한 그는 현실에서의 자신의 처지를 어떻게든 잊어 보려고 했다.

스타워즈의 제다이에 자신의 모습을 투영하면서 황제를 무찌르는 상상을 하며 대리만족을 했다.

하지만 유빈은 그 상상마저도 무참히 깨 버렸다.

스타워즈 속에서도 그는 그저 하루하루를 무심하게 흘려보내는, 조연도 되지 못하는 엑스트라에 불과했다.

그가 절대로 되고 싶지 않은 캐릭터였다.

"저와 함께 일하다 보면 딴생각할 수 없을 정도로 바쁠 겁니다. 시간도 빨리 갈 거고요. 이왕 커리어 패스로 아시아 지부에 왔으면 배워 가야 하는 게 있어야 하지 않겠습니까?

이 상태로 어영부영 최선을 다하지 않는 습관이 든 채로 지내다가 일본에 돌아가면 다시 열심히 일할 수 있을 것 같습니까?"

"……."

"미스터 츠카모토, 제가 어떤 마인드 트릭으로 3일 만에 미스터 츠카모토가 감탄할 만한 보고서를 썼는지 알려 드리겠습니다. 그리고 미스터 츠카모토가 재능을 충분히 발휘할 수 있는 일을 주겠습니다."

"……황제는 누군가요?"

"그건 나중에 알려드리겠습니다."

질문을 얼버무리며 유빈은 속으로 감탄했다. 감이 나쁘지 않은 친구였다.

타츠야가 조심스럽게 운을 뗐다.

"제가 뭘 어떻게 하면 됩니까?"

타츠야의 질문에 유빈이 미소를 지었다.

유빈이 타츠야의 손에 들려 있는 보고서를 물끄러미 쳐다봤다. 저 녀석을 완성하기 위해 3일 밤을 꼴딱 새운 참이었다.

유빈 혼자서 한 일은 아니었다.

제네스 코리아에 있는 인맥을 총동원해 항암사업부의 예

전 자료를 구했고 여성건강사업부 마케팅 PM들의 도움도 받았다.

물론 자료를 분석해 대안을 제시한 통찰력과 전체적인 그림을 하나의 보고서로 작성한 사람은 유빈이었다.

삼고초려까지는 아니더라도 타츠야의 마음을 돌리기 위해 오글거림을 참으며 그가 좋아하는 영화 스타워즈의 내용을 빌릴 정도로 최선을 다했다.

타츠야도 유빈의 그런 마음을 조금은 알아준 것 같았다.

그의 오라를 보니 경계심은 거의 사라져 있었다.

BD 매니저라는 사람이 찾아와서 자신의 이력서를 주지 않나, 자신을 스카우트하기 위해 보고서를 작성하지 않나.

평범한 사람은 아니라고 느꼈지만 유빈의 열의와 진심은 확실하게 타츠야에게 전달되었다.

"BD팀에 합류하십시오. 그래서 올해 목표를 성취하면 미스터 츠카모토는 한 단계 발전한 상태로 내년에 일본으로 돌아가게 될 겁니다."

"하지만 지금 맡은 일도 있고…… 미즈 콜슨이 허락하지 않을 겁니다."

타츠야가 현실을 이야기했다.

좋게 말하면 신중했고 나쁘게 말하면 결단력이 부족한 타입이었다. 하지만 유빈에게 필요한 것은 그의 결단력이 아니었다.

이번에도 그의 마음을 돌리지 못한다 해도 유빈은 포기할 생각이 없었다.

한 단계, 한 단계씩 사람의 마음에 다가가는 일.

영업의 비법이었다.

"그 부분은 걱정 안 해도 됩니다. 타츠야 씨가 승낙하면 미즈 콜슨하고는 제가 따로 이야기하겠습니다."

"에? 정말입니까?"

"정말입니다."

유빈의 장담에 타츠야의 고민이 깊어졌다.

오늘 아침에도 출근하면서 일본에 돌아갈 D-DAY를 달력에 체크한 그였다.

"……성함이 뭐라고 하셨죠?"

"유빈 킴입니다. BD팀 매니저고요."

타츠야가 그제야 유빈을 자세히 살폈다.

이력서를 통해 이미 알고는 있었다. 그래도 매니저라고 하기에는 과하게 젊어 보였다.

리전 헤드쿼터 정도 되면 직급과 나이가 큰 연관이 없었지만, 대부분은 본사 출신의 백인인 경우였다.

그런데 이 남자는 그 대부분에 들지 않는 동양인이었다.

"BD팀에 합류하면 프로그램을 1년 단축해 준다는 조건은 확실한 거죠?"

"제 모든 것을 걸고 약속하죠."

"휴우, 도대체 이게 무슨 일인지 모르겠군요."

"타츠야 씨. 그럼 이렇게 하죠. 일주일 동안 다시 한 번 잘 생각해 보십시오. 그리고 마음이 정해지면 다음 주 월요일 이곳 제 사무실로 출근하십시오. 그럼 미스터 나라옌이 바로 부서 발령을 낼 겁니다."

"그래도 될까요?"

유빈은 적절히 당기고 밀면서 타츠야의 부담감을 덜어 줬다. 타츠야의 성격을 봤을 때 당기기만 해서는 오히려 반발감만 키울 수 있었다.

"물론입니다. 그리고 BD팀에 오기로 마음의 결정을 내렸다면 USB에 들어 있는 자료를 다음 주 출근 전에 모두 숙지해 주십시오. 그리고 상황에 대한 해결책을 제시해 주십시오."

"무슨 USB요?"

질문이 끝나기 무섭게 유빈이 타츠야의 손에 USB를 건넸다.

두 사람 사이에 잠시 침묵이 흘렀다.

"……그렇게 하겠습니다."

타츠야의 대답에 유빈이 문밖으로 그를 안내했다.

"잠깐만요. 그런데 왜 저죠?"

막 문을 닫고 들어가려던 유빈이 타츠야를 다시 마주 봤다.

만약 타츠야가 유빈이 어떤 과정을 거쳐 그를 선택했는지 알면 기겁을 했을 것이었다.

인사 자료에 붙어 있는 사진의 오라에서 시작해서 경력은 물론이고 주변 사람과의 인터뷰, MBTI 성격유형, 국적 등을 기본적으로 고려했다.

그다음으로 확인한 것은 오라의 상성이었다.

유빈이 오라에 관해서 깨달은 것 중 하나가 사람도 잘 맞는 사람이 있는 것처럼 오라도 그렇다는 것을 알았다.

말과 그림의 박 과장, 강북 2팀 이혁 지점장, 듀레인 회장 모두 유빈과 오라의 상성이 좋았다.

상성이 좋은 사람의 오라가 겹치면 고유한 색을 띠던 오라가 또 다른 고유의 아름다운 색을 만들어 냈다. 하지만 반대의 경우에는 겹친 오라가 어두운 흙색으로 변했다.

유빈은 그와의 상성을 확인하면서 진짜 제다이라도 된 듯한 기분이었다. 타츠야와 유빈 두 사람의 오라는 신기하게도 에메랄드 같은 연둣빛 녹색을 만들어 냈다.

다시 생각해 보니 위의 내용은 아무래도 상관없었다.

느낌이었다.

"왜 나고요? 미스터 츠카모토에게서 포스의 힘이 강하게 느껴졌거든요."

"네?"

"그냥 그렇게 알고 계시면 됩니다. May the force be with you."

유빈이 다시 한 번 환한 미소를 지으며 문을 닫았다.

"뭐라는 거야……."

조금은 쑥스러울 수 있는 대답에 타츠야가 중얼거리며 손 안에 들려 있는 USB를 만지작거렸다.

자리로 돌아온 타츠야가 컴퓨터를 켜고 USB를 꽂았다.

퇴근에 대한 생각은 이미 사라진 지 오래였다.

평범했던 그의 일상에 폭풍이 몰아친 느낌이었다. 그런데 그 느낌이 나쁘지 않았다. 오랫동안 잊어버리고 있던 뜨거움 이 가슴 속에서 스멀거렸다.

그 느낌을 더 확실히 하기 위해서 USB 안에 뭐가 있는지 일단 확인해 봐야 했다.

폴더명이 특이했다.

JEDI YODA.

"에? 자기가 요다라는 거야, 뭐야."

투덜거렸지만 그의 입가에 미소가 어렸다.

파일별로 정리된 자료가 USB 안에 빽빽하게 들어 있었다.

"뭐야 이게…… 우소(うそ)…… 이걸 일주일 안에 다 숙지하라고? 거기에다 발표까지? 잠깐 이게 뭐야? 프로젝트 나비로이?"

프로젝트 나비로이라고 이름 지어진 폴더를 연 타츠야는 그대로 얼어 버렸다.

"이게 가능하다는 거야?"

타츠야가 계속 혼잣말을 중얼거렸다. 나비로이의 매출 목표를 확인한 그의 머리가 가능성을 계산하기 위해 빠르게 돌아갔다.

월 단위로 계획된 스케줄도 가히 살인적이었다.

프로젝트를 완수하려면 거의 매일 야근을 해야 할 것 같았다.

'5년 동안 해야 할 일을 1년에 몰아서 해야 할 것 같은데…… 정말 포스라도 필요한 거 아니야?'

"그래, 까짓것 못할 게 뭐 있어."

왠지 자신의 분석력을 고려해서 짠 스케줄 같았다.

두려움이 엄습했지만 오랜만에 그의 가슴이 두근거렸다.

루이자 우드는 아시아 본부 여성건강사업부의 마케팅 헤드인 동시에 CEO가 출장 등으로 자리를 비울 때는 본부 Managing Director 역할을 수행했다.

호주 출신으로 제네스 아시아 본부에 바로 입사해서 3년 동안의 제네스 오스트레일리아 근무를 제외하고는 15년을 본부에서만 일한 그녀였다.

본부에 대한 애정이 남다를 수밖에 없었다.

루이자 우드는 관리부 직원은 아니었지만 새로운 직원이 부임하면 생활이 불편하지 않도록 신경 써 주는 아시아 본부의 안방마님 같은 존재였다.

누구나 낯설고 외로울 때, 도와주는 사람에게는 고마워하고 호감을 느끼기 마련이었다. 그런 연유로 루이자 우드에 대한 아시아 본부 직원들의 신뢰는 두터웠다.

그런데 최근 그녀의 마음에 걸리는 사람이 한 명 있었다.

제네스 코리아에서 BD팀 매니저로 발령받은 유빈 킴이 그 주인공이었다.

평소 같았으면 식사에도 초대하고 싱가포르 투어도 시켜 주면서 적응을 도와줬겠지만, 나라엔 CEO가 뉴욕 본사로 출장 가는 바람에 업무량이 늘어나면서 직접 챙기지 못했다.

적당한 핑계였다.

루이자 우드는 시간이 없다는 핑계를 댔지만, 그녀는 애초에 유빈에게 좋은 감정이 없었다.

능력과 경험 위주로 자리를 채워야 한다고 생각하는 그녀에게 유빈은 누군가의 배경으로 매니저 자리에 꽂힌 낙하산이었다.

그뿐만이 아니었다.

그녀는 작년 제네스 코리아의 에리안 판매 허가 과정을 진행한 사람으로서 듀레인 회장이 입김을 넣은 것에 대한 불쾌감이 남아 있었다.

하지만 여러 가지 이유가 있다 해도 신규 직원을 내버려 두는 건 그녀의 성격상 마음에 걸리는 일이었다.

"으음, 한 바퀴 돌아 볼까."

루이자는 사내 순찰(?)을 핑계로 무거운 몸을 일으켰다.

그녀가 커다란 엉덩이를 뒤뚱거리며 지나갈 때마다 각 부서의 직원들이 반갑게 인사를 건넸다.

한참을 돌아다닌 그녀가 마지막으로 향한 곳은 BD팀이 있는 20층이었다.

"아리바니, 잘 지냈어요?"

"어머, 미세스 우드! 여기는 어쩐 일이세요?"

컴퓨터 작업을 하던 아리바나가 역시 반갑게 그녀를 맞았다. 20층은 회사 주요 업무와는 거리가 먼 부서들이 모여 있어서 임원들의 얼굴을 보기 힘든 장소였다.

가끔 다른 부서에서 오만상을 찌푸린 직원이 일거리와 보기 싫은 상사를 피해 힐링하러 올 정도였다.

"어쩐 일이긴요. 미스터 나라옌이 자리에 안 계시고 요즘 회사 분위기가 어떤가 해서 한 바퀴 돌고 있었어요."

루이자 우드가 아리바니에게 몸을 기울이며 속삭였다.

"……라는 걸 핑계 삼아서 운동도 하고요."

"후훗. 저도 매일 앉아 있으니까 답답하기는 해요."

"아리바니도 저처럼 가끔 돌아다녀 봐요."

대화를 나누던 루이자의 시선이 슬쩍 유빈의 사무실로 향했다. 안 그래도 그녀가 왜 왔는지 눈치를 살피던 아리바니가 바로 이야기를 꺼냈다.

"미스터 킴은 지금 자리에 없어요. 얼마나 여기저기 다니시는지 얼굴 보기도 힘들 정도예요."

"그래요?"

루이자 우드가 살짝 인상을 찌푸렸다.

진득하게 앉아서 업무를 봐도 시원찮은 판에 마실을 다닌다? 유빈이 뭘 하고 다니는지 모르지만, 선입견 때문인지 그저 안 좋게 보였다.

"아, 저기 오시네요."

아리바니가 마침 업무실을 향해 다가오는 유빈을 가리켰다.

"아, 미세스 우드. 안녕하세요. 마케팅 콘퍼런스 때 뵙고 처음이죠?"

루이자 우드의 걱정과는 달리 유빈의 표정은 밝았다.

"네. 오랜만이군요. 본부에 온 지 얼마 되지도 않았는데 바쁜가 보네요."

"뭐, 조금 그렇습니다. 많이는 아니고요. 하하."

루이자는 유빈의 넉살까지도 좋지 않게 보였다.

괜스레 챙겨 주러 왔다는 생각마저 들었다.

"미스터 나라옌이 기대를 많이 하고 있던데 이번에는 BD 팀에서 새롭게 시작하는 프로젝트라도 있나 봐요?"

그저 인사만 하고 지나가려던 유빈의 눈이 깊어졌다.

그녀의 말투에서 안 좋은 감정이 느껴지자 바로 오라를 시전한 참이었다.

역시나 루이자의 오라는 유빈을 향해 부정적인 기운을 풍기고 있었다.

'흐음.'

대충 이유는 짐작이 갔다.

작년 마케팅 콘퍼런스 때도 그녀에게 비슷한 느낌을 받았다. 아마도 에리안 때문일 것이다.

사람들이 낙하산이라고 수군거리는 것도 알았다.

그렇다고 적극적으로 해명할 일도 아니었다. 경험상 처음에는 자신에게 좋지 않은 감정을 가지고 있어도 진심으로 상대방을 대하고 업무에 집중하면 언젠가는 그들도 마음을 알아줬다.

"아직 확정이 아니라 말씀드릴 정도는 아닙니다. 미즈 우드, 제가 해야 할 일이 있어서 그럼 다음에 또 뵙겠습니다."

유빈이 목례하고 자신의 업무실로 들어가자 루이자 우드가 못마땅한 표정으로 고개를 저었다.

무슨 일을 하는지 제대로 말을 못하는 걸 보니 하는 일이 없는 게 분명했다.

"미세스 우드, 왜 그러세요?"

"아, 아리바니. 아무것도 아니에요."

"저, 그런데 새로 온 매니저님은 조금 이상해요."

역시 자신뿐만 아니라 다른 사람도 이상하게 보고 있구나.

"미스터 킴은 집에 잘 안 들어가는 것 같아요."

"네? 집에 안 들어간다니 그게 무슨 말이에요?"

"확실하지는 않지만, 이건 그냥 제 추측인데요. 입고 있는 옷도 잘 바뀌지 않고, 저번에 씨큐리티한테 물어봤는데 새벽까지 퇴근하지 않는다고 하더라고요."

"그렇게 집에 안 들어간다면 냄새가 나지 않을까요?"

생각만 해도 싫은지 루이자가 이번에는 인상을 제대로 찌푸렸다.

"그게 미스터리에요. 얼굴도 늘 깨끗하고 가까이 있어도 냄새는커녕 좋은 향이 나요. 소나무 향기랄까. 왜 있잖아요. 시원하면서도 기분 좋은 그런 향기요."

아리바니가 알 수 없는 말을 주저리주저리 풀어 놓았다.

그녀와의 대화를 마친 루이자는 곧바로 1층에 내려가 출입기록을 확인했다.

"그러게요. 이상하네요. 점심때 나갔다 들어 온 기록은 분명히 있는데 저녁에 나간 기록은 없습니다."

씨큐리티가 자료를 어제, 그리고 그저께로 돌렸다.

"아, 여기 있네요. 3일 전에는 저녁 11시에 퇴근했습니다. 그리고 다음 날은…… 새벽 4시에 출근했네요. 뭐지?"

늦게 퇴근하고 일찍 출근한 사실만으로는 뭐라고 할 수 없었다. 그저 정상적인 출퇴근 시간은 아니었다.

그렇게 일이 많을 리도 없고, 상사도 없는데 회사 안에서 도대체 무슨 일을 하는 건지 상상이 가지 않았다.

루이자는 궁금증을 풀기 전에는 밥이 넘어가지 않을 것 같았다.

확인할 방법은 단 하나였다.

"루이자, 퇴근 안 해요?"

"아, 먼저 가요."

"네, 내일 봐요."

마지막까지 남아 있던 직원마저 퇴근하자 루이자가 자리에서 일어나 텅 빈 사무실을 둘러봤다.

가장 늦게 퇴근하는 건 오랜만이었다.

지금이야 당연하게 야근하는 문화가 사라졌지만, 그녀가 사원이었을 때는 아무도 방해하지 않는 이 시간부터가 진짜 업무 시간이었다.

묘한 쾌감이 그녀를 감쌌다.

"오랜만에 조용히 일 좀 해볼까."

남편과 아이들한테는 미리 이야기해 두었다.

일을 하다 보니 시침이 9를 넘어가려 했다. 루이자는 계획대로 20층으로 향했다.

사람들이 잘못 알았을 가능성이 컸다.

아니면 업무실 안에서 잔다든가.

그런데 집 놔두고 왜 회사에서 잘까.

보조등만 켜 있어 어두운 복도를 조금만 걸어가자 환하게 빛이 켜져 있는 BD팀 업무실이 보였다.

사무실 안에서 움직이는 사람의 실루엣이 보였다.

‘이상하네. BD팀에 야근할 만한 일이 없을 텐데. 도대체 뭘 하는 거지?’

그녀의 예상은 모두 틀렸다.

하지만 유빈이 이 시간에 회사에 있다는 건 부정할 수 없는 사실이었다.

다음 날 아침, 루이자는 무거운 몸을 이끌고 부랴부랴 집에서 나왔다. 평소보다 세 시간을 일찍 나온 터라 하늘은 아직 어두컴컴했고 하품은 멈추지 않았다.

‘설마 아직도 있겠어.’

유빈이 퇴근하지 않았다면 이 시간에도 회사에 있어야 했다.

엘리베이터 숫자가 올라갈수록 기대 반 의심 반으로 가슴이 두근거렸다.

“말도 안 돼.”

20층에 도착한 루이자가 자기도 모르게 중얼거렸다.

어제저녁과 변한 풍경이 없었다.

유빈의 업무실에는 여전히 불이 켜져 있었고 책상 앞에 앉아 있는 유빈의 실루엣이 보였다.

다음 날도 마찬가지였다.

조금 더 늦게까지 기다려 봤지만, 유빈은 업무실에서 나올 생각을 하지 않았다.

그리고 셋째 날.

다크서클이 광대뼈까지 내려온 루이자 우드가 직원들이 퇴근하자마자 각오를 다지고 20층으로 다시 올라갔다.

'오늘은 무슨 일을 하는지 꼭 알아내겠어.'

조금 전까지의 굳센 각오와는 달리 막상 20층에 올라오자 뭐라고 해야 할지 막막했다. 무작정 들어가 무슨 일을 하느냐고 물어보기도 이상했다.

'그냥 내일 오후에 우연히 온 것처럼 물어볼까?'

고개를 저은 그녀가 돌아서려고 하는데 목소리가 들렸다.

"미세스 우드, 들어와서 차라도 한 잔 하시죠."

유빈이 업무실의 문을 열고 웃고 있었다.

루이자 우드가 어색한 얼굴로 유빈의 업무실을 둘러봤다. 그래 봤자 그냥 평범한 업무실이었다.

다만, 한쪽 벽이 A4 용지로 가득 차 있었다.

"여기, 얼그레이입니다."

루이자는 유빈이 가까이 다가오자 뭔가 시원한 느낌이 들었다. 아리바니가 없는 말을 한 건 아니었다.

"고마워요. 아, 맞다. 직원은 잘 뽑고 있어요? 인터뷰 스케줄은 인트라넷에 안 올라오던데요."

"인터뷰는 매일 하고 있습니다."

"네?"

"음, 찾아가는 인터뷰라고 해야 할까요? 경력을 보고 마음에 드는 직원이 있으면 찾아가서 대화도 나눠 보고 하고 있습니다. 직원들이 따로 시간을 안 내도 되고 저도 편한 상태에서 이야기를 들을 수 있어서 괜찮은 방법인 것 같습니다."

"……그래서 낮에 그렇게 돌아다녔군요."

"알고 계셨나요?"

"아, 아니요. 들었어요. 어떻게 마음에 드는 직원은 있어요?"

루이자의 음성이 한결 부드러워졌다.

"두 명 정도 있는데 쉽지가 않네요. 한 명한테는 제의했는데 거절당했습니다. 하하."

"누군데요? 제가 아는 사람이라면 도움이 될지도 모르잖아요."

"안 그래도 도움이 필요했는데 미즈 우드가 계셔서 다행입니다."

"그, 그래요?"

"지금 항암사업부 자료 분석 보고서를 작성하고 있는데 이 부분 데이터가 조금 이상해서요. 작년에 호주 항암사업부에 무슨 일이 있었나요?"

유빈이 건넨 자료를 확인한 루이자가 고개를 갸우뚱거렸다.

이 남자가 왜 항암사업부 보고서를 작성한단 말인가.

그리고 직원 뽑는 이야기를 하다가 갑자기 왠 보고서?

"음, 작년에요. 아, 작년에 항암제인 네메스텐이 급여에서 비급여 약품으로 바뀌었어요. 저야 여성건강사업부라 잘 알지는 못하지만, 매출이 갑자기 늘었다가 줄어든 건 그것 때문일 거예요."

"아! 그렇군요. 로우 데이터라서 알 수가 없었는데 그러면 이해가 되네요."

유빈이 감탄하면서 고개를 끄덕였다.

"저건 뭐예요?"

루이자 우드가 종이로 가득 찬 벽을 가리켰다.

"비뇨기과에서 사용하는 항무스카린제제의 국가별 처방량과 적응증입니다. 그리고 제네스 아시아 각 지부의 영업팀 조직도도 있고 또……."

루이자가 새삼스러운 눈으로 유빈을 쳐다봤다.

왜인지는 모르지만, 유빈은 밤을 새워서 일하고 있었다.

하지만 그 사실만으로 충분했다.

그가 단순히 배경 덕분에 BD팀 매니저로 온 것이 아니라는 것을 두 눈으로 확인했기 때문이었다.

유빈을 잘 알지도 못하고 판단한 자신이 부끄러울 지경이었다.

"사실은 이 보고서도 그 친구를 데려오려고 만드는 거라서요."

"아……."

잠시 침묵이 두 사람을 감쌌다.

루이자는 이제는 미안한 감정마저 들었다.

"그런데 왜 퇴근하지 않고 회사에서 일하는 거예요? 회사에서 마련해 준 숙소가 편하지 않아요?"

"편합니다. 단지, 그런 기분 아실지 모르겠네요. 모두 퇴근한 사무실에서 혼자 일하는 기분이요."

"그럼요. 알죠."

"전 그 느낌이 좋거든요. 제가 뭔가 열심히 하고 있다는 느낌이 들어서요."

"그렇다고 밤을 새우는 건 좀……."

"제가 따라가야 할 사람이 있는데 그 사람은 저보다 한참 앞서 가고 있거든요. 조금이라도 거리를 좁히기 위해서는 최소한 그의 두 배는 일 해야 하니까요. 그래도 말씀하신 것처럼 3일은 조금 힘드네요. 하하."

"……미스터 킴. 내일은 우리 집에 와서 밥 먹어요. 초대할게요."

"네?"

"무조건이에요. 알았죠?"

"……알겠습니다. 하하."

루이자는 한결 편해진 마음으로 유빈의 업무실을 나왔다. 마음도 가벼웠지만, 이상하게 몸도 가벼운 느낌이었다.

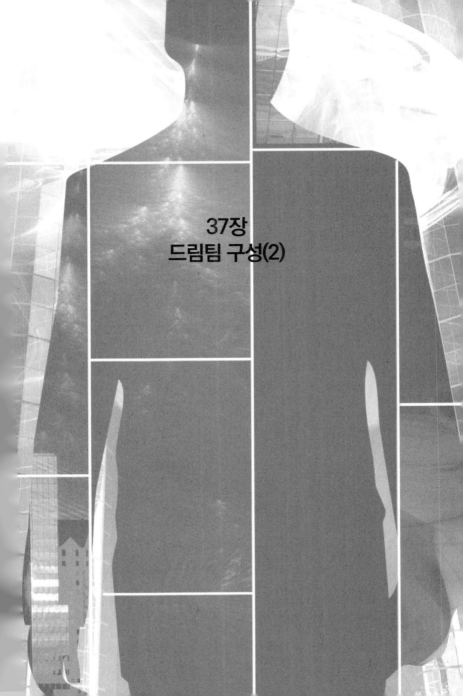

37장
드림팀 구성(2)

　라지브 나라옌은 뉴욕에서 돌아오자마자 긴급회의를 소집했다.

　아시아 본부의 매니저 이상의 직급이 모두 참석한 회의였다.

　"메일로 확인하셨겠지만, 두 달 후에 나비로이가 글로벌 런칭됩니다."

　다들 알고 있는 내용이었다.

　마크 램버트 CEO의 E디테일은 회사 사람들 사이에서 가장 화제가 되고 있었다.

　마크 램버트는 나비로이의 판촉에 관해서는 각 리전에 전권을 준다는 내용을 이미 발표한 후였다. 성공만 한다면 누가 봐도 윗사람들의 눈에 들 수 있는 절호의 기회였다.

그런데 아직 아시아 본부에서 나비로이의 런칭을 진두지휘할 사람을 나라엔 CEO가 발표하지 않고 있었다.

사람들이 그의 다음 말을 기대하는 이유였다.

"원래대로라면 미즈 콜슨이 맡은 전문의약품 사업부에서 나비로이를 맡아야 하겠지만, 워낙 쏠린 눈이 많아 담당자를 선택하는 데 신중해질 수밖에 없었습니다. 그래서 제가 원하는 것은 각 부서에서 나비로이의 판촉 아이디어를 내주시기 바랍니다. 꼭 마케팅 사업부가 아니어도 됩니다. E디테일에 비교할 만한 아이디어를 내주십시오. 경쟁을 통해 나비로이 담당자를 결정하겠습니다."

당연히 자신이 나비로이를 맡을 거로 생각했던 미즈 콜슨은 처음에는 표정이 굳어 있었지만, 나라엔 CEO의 말을 듣고는 고개를 끄덕였다.

그의 말처럼 일반적인 판촉으로는 시선을 끌기 힘들었다. 그리고 여러 부서의 아이디어가 모이면 더 좋은 판촉 방법을 찾을 수도 있었다.

무엇보다 경쟁에 이길 자신도 있었다.

"전 찬성이에요."

"루이자는?"

"저도 찬성이지만 여성건강사업부는 빠질게요."

"왜죠?"

"여기에 더 잘 준비된 사람이 있으니까요."

루이자가 조용히 앉아 있는 유빈을 쳐다봤다.

회의실에 앉아 있는 참석자들의 눈이 루이자의 시선을 따라 움직였다.

"루이자, 지금 미스터 킴 이야기하는 거예요?"

다나 콜슨이 짐짓 딴청을 피우는 유빈과 그런 유빈을 바라보는 루이자를 번갈아 쳐다봤다.

그녀는 루이자가 유빈을 그다지 좋게 생각하지 않는다는 소문을 얼핏 들은 기억이 났다. 하지만 루이자의 눈빛을 보니 전혀 맞지 않는 이야기 같았다.

루이자의 눈빛은 마치 어떻게든 챙겨 줘야 할 막내 남동생을 바라보는 듯한 느낌이었다.

루이자가 미즈 콜슨에게 시선을 돌리며 그녀의 질문에 답했다.

"얼마 전, 유빈의 업무실을 방문했는데 그는 이미 나비로이의 판촉 계획을 세우고 있었어요. 아시아 각국의 OAB(과민성방광염) 약품 시장 크기와 항무스카린제제의 매출 추이까지 자세하게 조사해 놓았더라고요."

"미스터 킴, 루이자의 말이 사실인가요?"

가만히 듣고 있던 유빈이 고개를 끄덕였다.

"나비로이뿐만이 아니라 제네스 아시아에서 판매되는 약품을 전반적으로 조사했습니다. 기존에 있던 사업에서 수익성 있는 새로운 방법을 찾는 게 BD팀의 역할이니까요."

그녀의 질문과 유빈의 대답에 참석자들이 새삼스러운 눈빛으로 유빈을 쳐다봤다.

유빈이 아시아 본부에 발령 난 지 채 한 달이 되지 않은 시점이었다. 새로운 환경에 적응하기도 쉽지 않을 텐데 이미 알아서 업무를 준비하고 있다고 하니 사람이 다시 보일 수밖에 없었다.

능동적인 직원은 회사에서 늘 환영받기 마련이었다.

게다가 다른 사람이 아닌 루이자가 눈으로 확인한 일이라 더욱 믿음이 갔다.

미즈 콜슨도 고개를 끄덕였다.

"경쟁에는 찬성하지만, 사업부 마케팅 헤드 외에 다른 부서에서 나비로이의 팀장을 맡는 것은 반대하려고 했는데 굳이 그럴 필요까지는 없을 것 같군요. 미스터 나라옌, 기한은 언제까지인가요?"

"3주로 생각하고 있습니다. 두 달 후 글로벌 런칭에 시간을 맞추려면 최소 한 달의 시간은 필요하니까요."

유빈은 말을 돌리지 않고 시원시원하게 질문하는 미즈 콜슨의 화법이 마음에 들었다.

오라 역시 뒤끝 없어 보이는 그녀의 솔직한 스타일을 보여주고 있었다.

유빈은 미즈 콜슨에게 살짝 목례를 하고 루이자에게는 고마움이 담긴 눈빛을 보냈다.

며칠 전 루이자의 집에 초대받았을 때, 그녀가 구운 치킨 파이를 한 조각도 남기지 않고 맛있게 먹은 효과가 있는 것 같았다.

그때 유빈을 쳐다보던 그녀의 남편과 아이들의 표정은 경악 그 자체였다. 말은 안 해도 '엄마가 만든 치킨 파이를 어떻게 저렇게 맛있게 먹을 수 있지?'라고 얼굴에 쓰여 있었다.

아무튼, 유빈에 대한 루이자의 호감도가 그날 이후로 수직 상승한 건 사실이었다.

나비로이에 관한 몇 가지 의견이 더 나오고 나라옌 CEO가 회의를 마무리 지었다.

"좋습니다. 2주 후 발표와 토론을 통해 팀장과 마케팅 전략을 결정하겠습니다."

유빈의 귀에 퇴장하는 참석자들이 수군거리는 소리가 들려왔다.

"BD팀은 아직 팀원도 없잖아요. 매니저 혼자서 어떻게 하려는 거지?"

"게다가 BD팀이 프로젝트를 맡아도 문제야. 처음부터 끝까지 업무 프로세스를 세팅해야 할 텐데 누가 그 많은 업무를 감당하려고 하겠어. 업무량이 장난 아닐 게 뻔한데 BD팀에 누가 가려고 하겠어."

"아무리 경쟁이라지만 지금 상황으로 봐서는 미즈 콜슨의 전문의약품 부서가 맡는 게 최선이겠죠?"

소머즈의 능력을 발휘하느라 가만히 앉아 있는 유빈에게 나라엘 CEO가 다가왔다.

"미스터 킴, 차 한 잔 할까요?"

유빈이 나라엘 CEO의 집무실에서 세계 3대 명차라고 하는 싱가포르의 TWG 캐모마일을 음미했다.

세계 3대 명차인지 아닌지는 모르겠지만, 깊고 깔끔한 차 맛이 일품이었다.

사람들의 수군거림에 텁텁했던 입속이 개운해지는 느낌이었다.

유빈의 기분까지 고려한 나라엘 CEO의 섬세함이 느껴졌다.

"사람들 말에 너무 신경 쓰지 마세요."

"저는 괜찮습니다."

"아직 직원을 못 뽑았다면서요? 공고도 안 올린 것 같던데요."

"공고로는 아무래도 지원할 직원이 없을 것 같아서 직접 발로 뛰고 있습니다."

"봐 둔 사람은 있나요?"

"두 명 모두 골랐습니다. 한 명은 최종 답변을 기다리고 있고 다른 한 명은 오늘 이야기할 생각입니다."

"오, 궁금하군요. 미스터 킴의 사람 보는 능력은 제가 잘 알죠. 어떤 드림팀이 만들어질지 기대됩니다."

"하하, 사실 저도 궁금합니다."

마주 웃던 나라엔 CEO의 표정이 조금씩 가라앉았다.

"이번 나비로이의 런칭은 정말 중요합니다."

"……."

"본사에서 각 리전에 나비로이에 관한 전권을 준 만큼 꼭 성공해야 합니다. 리전의 역량이 그대로 드러날 테니까요."

"저도 그렇게 생각합니다. E디테일을 시행하는 유럽과 비교해 매출이 떨어지면 그 리전은 인원 조정의 명분을 마크 램버트 CEO에게 갖다 바치는 꼴이 되겠죠. 특히 영업팀에 타격이 있을 겁니다."

나라엔 CEO가 한숨을 크게 내뱉었다.

이번 임원 회의에서 기세등등한 CEO와 대립각을 제대로 세운 참이었다. 마크 램버트가 아시아 리전을 벼르고 있을

게 뻔했다.

"임원 회의는 분위기는 어땠나요? 다른 리전에서 반대는 없었나요?"

나라엘의 마음을 읽은 것처럼 유빈이 묻자 그가 분통을 터뜨렸다.

"전혀요. 겁쟁이들! 하긴 반대하고 싶어도 말 못 하는 분위기였죠."

유빈이 잠자코 있자 그가 말을 이어 갔다.

"제가 마크 램버트 CEO를 오판한 것 같습니다. 그는 CEO가 되고 4년 동안 특별 감사 외에는 별다른 움직임이 없었습니다. 듀레인 회장님이 이사회 의장 자리를 지키고 계셔서 마음을 놓고 있었던 것도 사실이고요. 저는 이번 회의에서도 특별한 이슈가 없을 줄 알았습니다."

"네."

유빈도 듀레인 회장의 이메일로 상황은 알고 있었다. 그가 궁금한 것은 마크 램버트에 관한 것이었다. 이메일로 그의 과거를 알고 난 이후로는 생각이 조금은 바뀌었다.

"감사 때 슬쩍 드러냈던 발톱을 이번에는 대놓고 드러낸 겁니다. 준비를 많이 했더군요. 제 생각과는 달리 이사회에서도 안건이 통과되었고요. 듀레인 회장님이 허락한 셈이니 이제 마크 램버트는 거리낄 게 없겠죠."

"음, 회장님도 따로 생각이 있으셨을 겁니다."

유빈은 차마 듀레인 회장이 생각하는 대안이 자신이라는 말은 못 했다.

"저도 그런 느낌을 받기는 했습니다."

"듀레인 회장님을 만나셨나요?"

"이사회가 끝나고 잠시 만날 수 있었습니다. E디테일의 안건 상정을 막지 않은 이유를 물어보니 '장강의 뒷물결이 앞 물결을 민다'라는 중국 격언을 인용하시더군요."

"장강의 뒷물결이라…… 저는 회장님이 말씀하시는 뒷물결이 마크 램버트 CEO라고는 생각하지 않습니다."

"저도 그렇습니다. 사실은 이번 경쟁으로 나비로이 책임자를 뽑는 것도 듀레인 회장님의 의견을 따른 것입니다."

"네?"

"솔직히 경험이 풍부한 루이자나 미즈 콜슨에게 나비로이를 맡기려고 했지만, 일반적인 판촉으로는 힘들 거라는 회장님의 조언에 마음을 바꿨습니다."

"회장님이 그런 조언을……."

유빈은 자신이 공평하게 기회를 얻을 수 있도록 한 듀레인 회장의 배려라는 걸 알 수 있었다.

"미스터 킴, 미즈 콜슨이 나비로이의 담당자가 되어도 잘 서포트 해주십시오."

나라옌은 유빈이 뛰어난 능력의 소유자이기는 하지만 아직 경험이 부족하다고 생각했다. 미즈 콜슨이 팀 리더를 맡고 유빈이 보조해 준다면 완벽한 팀이 될 수 있었다.

"물론입니다. 하지만 반대의 경우에는 저도 그녀의 도움이 필요할 겁니다."

듀레인 회장이 어렵게 만들어준 기회였다.

신중하게 진행하려는 나라옌 CEO의 마음은 충분히 이해했지만, 유빈은 경쟁에서 전혀 양보할 생각이 없었다.

나라옌 CEO와 대화를 마친 유빈은 20층이 아닌 11층의 메디컬 부서로 움직였다. 츠카모토에 이어 유빈이 두 번째로 선택한 후보가 그곳에 있었다.

메디컬 부서에 도착한 유빈이 독특한 이력의 소유자를 찾아 부서 주위를 두리번거렸다.

'리센위.'

유빈이 찾는 네임택이 보였다. 하지만 그는 자리에 보이지 않았다.

"실례합니다. 미스터 리가 어디 있는지 알 수 있을까요?"

옆자리에 앉아 있는 여자 직원이 굳은 표정으로 답했다.

"미스터 리요? 그라면 휴게실에 있을 거예요. 거기서 살거든요."

여자의 틱틱거리는 대답에 고맙다는 인사와 함께 휴게실로 향했다. 그녀의 오라가 순간적으로 어두워지는 게 보였다. 리센위에 대한 안 좋은 감정이 그대로 투영된 모습이었다.

아직 휴게실에 도착하지도 않았는데 멀리서 벽을 뚫고 중국어로 이야기하는 커다란 목소리가 들려왔다.

휴게실로 들어가니 중국 사람으로 보이는 세 명이 커피 잔을 들고 열렬한 대화를 나누고 있었다. 침을 튀기며 흥분한 모습을 보니 분명 업무 이야기는 아니었다.

'응? 축구?'

처음에는 전혀 들리지 않던 그들의 대화가 조금씩 이해되기 시작했다. 갑작스러운 현상에 유빈도 당황을 금치 못했다.

"말도 안 되는 소리 하지 마. 지금까지는 운 좋게 이기고 있지만, 여기까지라고."

"그래도 수요일에 리버풀한테 2:0으로 이긴 건 운이 아닌 것 같은데."

"운이야. 운. 내일 경기에서 레스터 시티가 맨시티한테 이기면 내 손에 장을 지진다."

"그래? 하긴 리, 네 감은 정확한 편이니까. 그럼 맨시티한테 건다."

"감이 아니라 분석력이지. 나만 믿어, 나는 맨시티 2:0으로 이긴다는 데 걸 거니까."

이야기를 가만히 듣고 있자니 잉글리시 프리미어 리그 경기 결과를 가지고 베팅을 하는 것 같았다.

중국어가 들리는 이유는 몰랐지만, 지금은 BD팀 멤버를 구하는 게 먼저였다.

잠깐 생각에 잠긴 유빈이 휴게실에 옆에 있는 화장실에 들어갔다 나왔다.

화장실에서 나온 유빈이 여전히 열을 내며 축구 이야기에 빠진 남자에게 다가갔다.

"미스터 리. 잠시 이야기 좀 나눌 수 있을까요?"

대화(?)를 방해한 게 언짢았는지 남자가 인상을 쓰며 유빈을 쳐다봤다.

"무슨 일입니까? 지금 중요한 대화를 나누고 있으니까 용건만 이야기해 주세요."

키가 190센티미터도 넘어 보이는 남자가 빠른 영어로 말했다. 키도 키지만 상당한 근육질로 인상을 한 번 쓰자 상당한 위압감이 느껴졌다.

하지만 유빈은 아무렇지도 않게 응수했다.

"글쎄요. 프리미어 리그 이야기가 그렇게 중요한 일인지는 모르겠네요."

유빈의 응수에 남자가 움찔했다.

중국어를 할 줄 아나?

그런 것 같지는 않았다. 중간중간에 섞여 나온 팀 이름을 듣고 때려 맞춘 것 같았다.

"미스터 리 맞으시죠?"

"맞는데, 누구쇼."

"BD팀 매니저 유빈 킴입니다."

"매니저? 당신이?"

본부에서 매니저라면 부장급의 직위였다. 리센위는 유빈을 아래위로 훑어봤다. 첫인상으로는 일반 사원이라고 봐도 무난할 정도였다. 아무리 봐도 부장이라고 하기에는 너무 젊었다.

"미스터 리, 축구 이야기가 급하지 않다면 이야기 좀 나눌까요?"

유빈이 차가운 목소리로 리센위를 종용했다.

"……잠깐 기다리슈."

직급을 듣고 살짝은 조심스러워진 그가 같이 대화하던 사람들에게 고개를 끄덕이며 자리를 파했다.

기가 센 사람이었다. 사람을 대하는 태도만 봐도 알 수 있었다.

유빈이 쿵쿵거리며 따라오는 리센위의 이력을 떠올렸다.

리센위. 31세. 남성.

제네스 차이나 영업팀 3년, 아시아 본부 특별 프로그램 참가 중.

특이사항: 의사 면허 소유

중국은 의사 면허 소지자가 제약 회사에 취직해 영업일을 하는 경우가 적지 않았다. 제네스 차이나만 해도 MR의 50% 넘는 인원이 의사와 약사 면허를 가지고 있었다.

리센위는 그런 가운데서 3년 연속 제네스 차이나 통합 베스트 MR이었다.

그는 세 번째로 베스트 MR을 달성하자 곧바로 프로그램에 지원했다. 제네스 차이나 마케팅팀에서 PM 자리를 제안했지만, 그는 바로 거절했다.

이유는 아무도 알지 못했다.

그에 대한 상사, 그러니까 영업 지점장의 평가는 한결같았다.

자신감이 넘치고 능력은 있지만 지나치게 자기중심적이고 독단적인 결정을 잘 내리는 직원. 다른 직원들과 잘 어울리지 못함.

보통은 PMP에 이렇게까지 적나라하게 평가하지는 않는데 전임 상사가 쌓인 게 많은 모양이었다.

아시아 본부에서의 평가도 별다르지 않았다.

특별 프로그램은 유빈이 첼시 사장을 만나기 전에 지원하려던 프로그램이었다. 아시아 본부의 다양한 부서에서 두 달씩 근무하면서 다양한 경험을 쌓는 프로그램으로 운이 좋으면 본부로 바로 채용될 수도 있었다.

실제로 이 프로그램에 지원하는 많은 직원이 그런 식으로 채용되었다.

하지만 마지막 부서인 메디컬 부서까지 오는 동안 리센위에게는 아무도 스카우트를 제안하지 않았다.

유빈은 들고 있는 자료에서 답을 알 수 있었다.

특별 프로그램 역시 두 달이 끝나면 부서의 장이 지원자의 평가를 하는데 리센위의 평가는 중국에서보다 나쁘면 나빴지 좋지는 않았다.

중국에서는 영업 실적이라도 좋았지만, 아시아 본부에서는 거의 데스크 업무이기 때문에 능력을 발휘할 기회조차 없었기 때문이었다.

'영업사원처럼 단독으로 일할 때는 능력을 발휘하지만, 팀워크를 생각할 때는 최악이란 이야기지.'

그럼에도 유빈은 자신이 있었다.

장점은 살리면서 단점을 컨트롤 하는 일은 오롯이 유빈의 몫이었다.

중국에서의 자료로 확인한 리센위의 영업력은 팀에 꼭 필요한 능력이었다.

유빈이 정통적인 스타일로 사람의 마음을 얻는 영업을 한다면 리센위는 임기응변에 능하고 수단과 방법을 가리지 않고 원하는 것을 얻는 변칙적인 스타일이었다.

"본론부터 말씀드리죠. 저는 미스터 리를 BD팀에 영입하고 싶습니다."

"네? BD팀이요? 거기가 뭐 하는 팀인데요?

유빈이 BD팀에 관해서 설명하자 그가 고개를 갸우뚱했다. 여러 부서를 돌아다녔지만 BD팀은 처음 들어봤다. 그런데 아예 존재 자체를 몰랐던 부서의 장이 자신을 스카우트하고 싶다고 이야기하는 것이었다.

살짝 기분이 좋으면서도 이 사람이 뭐 때문에 그런 제안을 하는지 의심이 갔다.

"그러니까 완전히 새롭게 일을 시작해야 한다는 말이군요. 현재 구성원은 그쪽 혼자이고."

매니저라는 말에 속으로 놀랐던 리센위는 그러면 그렇지 하는 표정으로 빈정거렸다.

말은 그렇게 했지만, 속으로는 살짝 구미가 당겼다.

어차피 어떤 부서에서도 제안을 받지 못했다. 이대로 프로그램이 끝나면 리센위는 아무 소득 없이 제네스 차이나로 돌아가야 할 판이었다.

일이 많은 것 따위는 상관없었다. 단지, 지루하지 않은 일이어야 했다.

중요한 것은 두각을 드러낼 수 있는 자리어야 한다는 것이었다.

'지금 이것저것 가릴 처지가 아니지.'

그렇다고 바로 받아들이기에는 그의 자존심이 허락하지 않았다. 조금 더 저자세로 나오면 모를까.

"이보슈, 매니저 양반. 난 그런 팀에는 전혀 갈 생각이 없으니까 다른 데서 알아보슈."

리센위가 고개를 돌렸다.

"저는 레스터 시티가 이긴다는 데 걸죠."

"뭐요?"

리센위가 멈칫하더니 돌리기 싫은 고개를 억지로 돌렸다.

"레스터 시티가 맨시티한테 이긴다는 데 건다고요."

유빈은 마치 리센위가 무슨 생각을 하는지 아는 것처럼 피식 웃으며 이야기했다.

"……푸하하하하."

뜬금없는 유빈의 말에 황당한 표정으로 쳐다보던 리센위가 웃음을 터뜨렸다.

상대방은 저자세는커녕 승부를 걸어 오고 있었다.

"제가 맞으면 BD팀에 합류하는 건 어떨까요?"

"……내가 왜 그래야 하죠?"

"그 대신 제가 지면 당신이 원하는 부서에 들어갈 수 있도록 힘써 보죠."

"……당신이 무슨 힘으로."

"이래 봬도 나라엔 CEO하고 친한 편입니다. 조금 전에도 그의 집무실에서 차 한 잔 했죠. 왜요? 자신이 없나 봐요?"

나라엔 CEO와 친하다? 조금 더 구미가 당겼다.

게다가 승부든 내기든 누가 도전해 오면 거절한 적이 없는 그였다.

리센위의 얼굴에 자신감 넘치는 미소가 그려졌다.

"하하. 그 내기 받아들이죠."

기세가 매서운 레스터 시티지만 전 경기에서도 맨시티와는 1대1 무승부였다.

"내일 경기가 끝나면 연락하죠."

할 말을 마친 유빈이 이번에는 먼저 고개를 돌렸다.

새벽 4시가 훌쩍 넘었는데도 펍(PUB) 안은 열기로 가득했다.

EPL 25라운드 현재 2위인 맨체스터 시티와 1위인 레스터 시티의 대결이 이제 막 시작하려는 참이었다.

자국 축구 리그인 EPL(English Premier League)을 라이브로 보기 위해 영국 사람들뿐만 아니라 전 세계 각지에서 싱가포르로 발령받은 각양각색의 사람들이 모여 열심히 건배(cheers)를 외치고 있었다.

그중에는 리센위를 비롯한 제네스 차이나 출신의 직원 세 명도 포함되어 있었다.

"리, 너만 믿는다. 이번에는 돈 좀 따 보자!"

"작년 같았으면 레스터 시티한테 걸어서 대박을 노려 볼 수도 있을 테지만 올해는 글렀어. 여우 녀석들이 생각보다 잘하고 있으니까."

"잘해도 정말 잘하지. 25라운드에서 레스터 시티가 여전히 1위라니."

"그래도 에티하드 스타디움이고 맨시티도 상승세니까……."

맥주를 들이켜며 신나서 이야기하던 리센위의 말문이 갑

자기 막혔다.

"아……!"

펍 한쪽에서는 환호가, 다른 한쪽에서는 탄성이 흘러나왔다.

레스터 시티가 경기 시작 2분 만에 한 골을 넣었다. 아무도 예상하지 못한 시작이었다.

그 골을 시작으로 레스터 시티는 발 빠른 바디와 바레즈가 공격을 주도하며 맨시티를 몰아붙였다.

1 대 0으로 지고 있다는 사실보다 레스터 시티가 맨시티의 문전 앞에서 위협적인 모습을 계속 보여 주자 리센위의 표정이 굳어졌다.

그가 예상한 경기 흐름이 아니었다.

리센위의 말을 믿고 맨시티에 돈을 건 두 사람도 덩달아 말수가 줄었다.

추가 시간이 주어질 때쯤 아구에로로부터 이어진 맨시티의 위협적인 슈팅이 나왔지만 골로 이어지지는 않았다.

"으아, 아깝다."

허무하게 전반이 끝나려 하자 조용히 경기에 집중하던 친구에게서 볼멘소리가 쏟아져 나왔다.

"리, 이게 어떻게 된 거야!"

"조금 더 지켜보자고. 비 때문에 전반에 제대로 플레이를 못한 걸 수도 있어."

"어, 어…… 아, 안 돼!"

"고오오오올! 바레즈! 환상적인 골입니다!"

레스터 시티가 번개 같은 역습으로 추가 골을 뽑아 냈다. 티비에서 흥분한 캐스터의 목소리가 스피커를 뚫고 나왔다.

전반전이 마무리되고 하프 타임이 그렇게 길게 느껴질 수가 없었다.

리센위는 옆에서 온갖 인상을 쓰고 앉아 있는 두 사람보다도 자신만만한 BD 매니저의 얼굴이 계속 떠올랐다.

'이건 아닌데…….'

리센위의 바람과는 달리 후반전에 다시 레스터 시티의 추가골이 나왔다. 코너킥에 이은 헤딩골이었다.

스코어 3 대 0.

친구들은 말없이 맥주만 들이켰지만, 리센위는 아직 포기하지 않았다. 중국 국가대표가 경기할 때도 이렇게 마음을 다해서 응원한 적은 없었다.

시간은 계속 흘러가고 90분이 다될 때쯤 맨시티 아구에로의 헤딩골이 터졌지만, 커다란 흥분은 없었다. 승부의 추는 이미 기울어져 있었다.

최종 스코어 3 대 1로 경기 종료를 알리는 휘슬이 가차 없이 울렸다.

휘슬과 동시에 리센위의 핸드폰에서 짧은 진동 소리가 울렸다.

[내일 퇴근 후, 20층 제 사무실로 오시기 바랍니다. BD팀 매니저 김유빈.]

문자를 확인한 리센위가 인상을 찌푸렸지만, 약속은 약속이었다.

답 문자는 기대도 하지 않았다.

유빈은 광고를 내보내고 있는 텔레비전을 껐다.

늦은 시간이라 그렇게 고요할 수가 없었다.

그 고요함이 마음에 든 유빈이 잠시 호흡에 들었다. 조금은 쌓여 있던 피로감이 호흡에 섞여 희석되는 게 느껴졌다.

아무리 영험한 타로 리딩으로도 다음 날 벌어지는 스포츠 경기의 승패까지는 맞출 수 없었다.

그건 리딩이 아니라 예언의 영역이었다.

리센위에게 말을 걸기 전 화장실에서 유빈이 확인한 건 두 팀이 전반적인 운이었다.

올해 레스터 시티의 운은 맨시티와 비교할 수 없을 정도로 강한 흐름을 보여 줬다.

축구를 좋아하는 사람은 운이 아니라 실력이라고 하겠지만, 1위를 계속 유지하기 위해서는 실력뿐만 아니라 운도 필요하다는 사실 역시 부정하기 힘든 진리였다.

그런 의미에서 레스터 시티의 리딩은 긍정적인 운을 보여 주는 카드로만 이루어져 있었다.

리센위가 레스터 시티에게 승부를 걸었다면 조금 더 골치가 아팠겠지만, 다행히 그는 상대편에 패를 올려 놓았다.

결과는 레스터 시티의 승리.

숙소에서 텔레비전으로 축구 경기를 시청한 유빈이 다시 한 번 리센위의 자료를 체크했다.

리센위의 영입은 유빈으로서도 모험이었다.

오라, 오라의 상성, 타로 리딩. 그리고 팀에 필요한 영업 능력까지 모두 합격이었다.

그에 반해 그의 거친 성정과 어디로 튈지 모르는 예측할 수 없는 행동, 그리고 회사 내 인간관계는 뚜렷한 단점이었다.

시간이 있었다면 조금 더 관찰할 수가 있었지만, 유빈에게 그럴 여유는 없었다.

'기를 죽여 놓을 필요가 있겠어.'

자료를 파일첩에 정리한 유빈이 한 시간이라도 자기 위해
침대 속으로 들어갔다.

문자의 지시대로 퇴근 후 유빈의 업무실에 찾아온 리센위
가 끊임없이 주위를 두리번거렸다.

이렇게 좋은 개인 업무실에서 책상에 앉아 자연스럽게 업
무를 처리하는 유빈의 모습이 의외인 듯한 표정이었다.

"앉으세요."

"⋯⋯네."

리센위는 워낙 큰 키라 소파에 앉아도 커 보였다.

"레스터 시티가 이겼네요. 3 대 1 완승입니다."

"⋯⋯운이 따르는 모양입니다."

유빈을 말하는 건지, 레스터 시티를 말하는 건지 그의 표
정만큼이나 대답도 애매했다.

유빈이 그런 리센위를 빤히 쳐다봤다.

내기에서 진 것 때문은 아니었다. 무슨 이유에서인지 그의
태도가 어제와는 달리 예의 있는 편이었다.

솔직하기는.

한 곳에 머무르지 않는 그의 시선과 오라의 변화로 리센위

의 마음을 어느 정도 추측할 수 있었다.

"뭐, 그럼. 음. 내기에서도 졌으니까 어쩔 수 없네요. BD팀에 합류해야겠죠?"

리센위가 어깨를 으쓱하며 마지못해 합류한다는 제스처를 취했다.

"어제하고는 많이 다르네요."

"어제는 어제. 남아일언 중천금. 뭐, 이런 거죠."

"왜요? 생각보다 제 업무실이 좋아서 놀랐나요? BD팀이 생각한 것보다 허접해 보이지 않아서 마음이 바뀐 모양이죠?"

"……뭐. 아니라고는 안 하겠습니다. 들어 본 적도 없는 부서치고는 업무실이 훌륭하네요."

통유리를 통해 보이는 풍경을 쳐다보며 살짝 미소를 지었다.

"하하. 솔직해서 좋군요. 맞습니다. 작년까지 BD는 조직도에만 존재하는 유령 부서였죠. 미스터 리가 못 들어 본 게 당연합니다. 올해부터는 다릅니다. 나라옌 CEO가 아시아 본부의 변화를 위해 BD팀에 지원을 아끼지 않겠다고 약속하셨거든요. 그래서 제가 매니저로 온 거고 우선 팀원도 두 명 뽑고 있습니다."

"……"

"미스터 리, 나비로이에 관해서는 들어봤나요?"

"당연하죠. 직원들 사이에서 나비로이 PM만 맡으면 승진은 따 놓은 당상이라는 이야기가 들리더군요. 위에서 주시하고 있다고요. 사실인가요?"

리센위가 손가락으로 위를 가리키며 물었다.

"틀린 말은 아닙니다. 위에서 주시하고 있다는 말도 사실이고요. 지금 나비로이의 책임자를 뽑기 위해 부서 간 경쟁이 이미 시작되었습니다. 물론 우리 BD팀도 참가하고요. 저는 우리가 나비로이를 맡을 수 있다고 생각합니다."

자신감을 넘어 확신하는 말투에 애써 쿨한 모습을 보이던 리센위의 입가가 씰룩거렸다.

BD 매니저가 제시하는 청사진이 마음에 쏙 들었다.

이 팀이라면 자신도 두각을 드러낼 기회가 반드시 있을 것 같았다.

하지만 유빈의 다음 말은 그의 기대를 잔인하게 깨 버렸다.

"그런데 어쩌죠? 저도 마음이 바뀌었습니다."

"마음이 바뀌었다고요?"

"그저께 스카우트 제안을 한 후에 레퍼런스 체크를 해 봤습니다. 미스터 리가 특별 프로그램을 통해 그동안 거쳐 온 부서에 가서 매니저들을 만났죠."

"⋯⋯그런데요?"

"제 입으로 말하기 곤란할 정도로 평가가 안 좋더군요."

"⋯⋯."

한 번도 스카우트 제안을 받지 못했으니 평가가 안 좋다는 건 예상할 수 있었지만 실제로 전해 들으니 기분이 좋을 수가 없었다.

리센위의 표정이 험악해졌다.

"이것들이 제대로 업무도 맡겨 본 적도 없으면서⋯⋯."

"업무에 대한 평가가 아니에요. 동료와의 관계, 협동심, 조직 친화도는 말할 것도 없고 다른 사람의 의견을 경청하는 자세나 상사를 대하는 태도⋯⋯ 주로 태도 문제를 지적하더군요."

"그쪽에서 내 의견을 대놓고 무시하니까 그런 겁니다. 내가 무슨 소시오패스도 아니고 아무한테나 그랬겠습니까!"

"그러니까 미스터 리의 잘못은 하나도 없다는 거군요."

"뭐⋯⋯ 됐습니다. 됐어요. 내가 이 팀에 못 들어간다고 다른 데도 못 들어갈 것 같습니까?"

리센위가 자리에서 벌떡 일어났다.

"지금 근무하고 있는 메디컬 부서가 끝나면 특별 프로그램이 종료되더군요. 메디컬 부서에서도 오퍼를 받지 못하면 중국으로 돌아가야 하지 않나요?"

"뭐……."

"그 정도 마음가짐이었습니까?"

유빈이 진중한 눈으로 그를 마주 봤다.

곧 밖으로 나갈 것 같았던 리센위의 발걸음이 멈췄다.

"뭐가 말입니까?"

"아시아 본부에 그냥 온 건 아니지 않습니까. 미스터 리에 관해 조금 알아봤습니다. 제네스 차이나에서 첫 근무 부서가 CC(Consumer Care) 팀이더군요."

한 댓 발 나와 있던 그의 입이 천천히 제자리를 찾았다.

"2년간 CC팀에서 근무하고 전문의약품 팀으로 옮겨서 1년. 팀을 옮긴 다음에 CC팀이 본사 감사로 날아갔죠."

"……."

"PM 제안을 거절하고 아시아 본부 프로그램에 지원한 이유가 어떻게든 빨리 승진하고 싶어서 아닌가요? CC팀을 날려 버린 사람들한테 복수하고 싶어서."

"그걸 어떻게……."

속마음을 제대로 읽힌 리센위는 대꾸를 하지 못했다.

지금까지 누구한테도 하지 않은 이야기였다.

감사팀에 의해 그가 마음으로 존경하던 첫 번째 영업팀장이 회사를 떠나게 되자 리센위는 마음을 먹었다.

팀장은 신입이었던 그의 영업 스타일을 존중해 주는 건 물론 자신이 수십 년 쌓아 온 경험도 아낌없이 전수해 준 은인 같은 분이었다.

그가 없었다면 3년 연속 베스트 MR도 불가능했다.

회사에서 능력도 인정받은 데다가 모든 사람이 좋아하던 그런 분이 한순간에 쓸모없는 직원으로 찍혀 회사에 쫓겨 났다.

리센위는 그의 마지막 말을 잊지 못했다.

"20년 동안 최선을 다해서 일했는데…… 큰 애가 이제 대학에 들 어갔는데 걱정이구먼……."

뭔가 잘못된 게 분명했다.

리센위는 제네스 차이나 간부들에게 직접 따지기까지 했 다. 하지만 다들 본사의 지시라 어쩔 수 없다는 말만 되풀이 했다.

"이상하다고 생각했습니다. 제네스 차이나에서 마케팅 PM으로 내근 업무를 시작하면 착실하게 커리어를 쌓을 수 있을 텐데 미스터 리는 특별 프로그램에 지원했죠."

프로그램 이야기가 나오자 그의 표정이 어두워졌다.

"당신의 경력과 감사 시기를 따져보니 가능성 있는 시나리 오가 나오더군요. 제네스 차이나에서는 아무리 승진해도 본사 앞에서 아무 소용없다는 생각이 들었겠죠."

"……어떻게 그렇게 잘 아는 거죠?"

"저도 같은 위기를 겪어 봤기 때문에 잘 압니다. 어지 데일의 감사를 극복하기 위해 정말 많은 노력을 했습니다."

"매니저님도 같은 경험을……."

악몽 같은 이름에 그의 커다란 몸이 한 차례 떨렸다.

한참을 잠자코 있던 리셴위가 다시 유빈의 맞은편에 앉았다.

"……내 능력이라면 아시아 본부에서도 금방 두각을 드러낼 수 있다고 생각했습니다. 그런데 아니더군요. 언젠가부터 조급해지고 왜 이곳에 왔는지도 잊어버리게 되고 그러다 보니 도박 사이트에나 들락날락하며 시간을 보냈습니다. 제 능력을 몰라주는 사람들이 그저 미웠습니다."

"이야기해 줘서 고맙군요."

유빈이 마치 정신과 의사처럼 고개를 끄덕이며 그의 이야기를 경청했다.

자기도 모르게 꺼낸 이야기에 리셴위는 당혹스러워했다. 유빈에게 동질감을 느낀 나머지 갑작스레 마음이 흔들린 탓이었다.

"……지금 한 말은 잊어 주십시오. 여자도 아니고…… 창피하게 이런 이야기를 하다니…… 전 이만 가 보겠습니다."

다시 일어서려는 그를 유빈이 제지했다.

"자, 과거는 되돌릴 수 없습니다. 제가 미스터 리에게 한 가지만 질문하죠. 당신의 자존심과 이곳에 처음 오게 된 다짐 중에 어느 것이 더 중요합니까?"

리센위의 눈동자가 크게 흔들렸다.

자신의 힘으로 영업팀장을 다시 제네스 차이나로 돌아오게 하고 싶었다.

그게 전부였다.

"……BD팀에 합류하고 싶습니다."

"그게 미스터 리의 답입니까?"

"네. 매니저님 덕분에 제가 고국을 떠나 이곳에 온 이유를 다시 떠올릴 수 있었습니다. 부탁합니다. BD팀에 받아 주십시오."

리센위가 깊숙이 고개를 숙였다.

"좋습니다. 하지만 말만으로는 미스터 리의 각오를 믿을 수가 없습니다."

"……네."

자신이 지금까지 받은 평가가 있으니 그럴 만도 했다.

"한 가지 테스트를 하겠습니다. 이 테스트를 통과하면 BD팀에 합류할 수 있습니다. 미스터 리의 능력을 보여 주십시오."

"무슨 테스트입니까?"

리센위가 침을 꿀떡 삼켰다. 유빈은 그의 눈빛을 바라
봤다.

확실히 달라진 눈빛이었다.

오라 역시 불안정했던 형태에서 벗어나 밝기에 어울리는
모습을 찾아가고 있었다.

"특별 프로그램을 통해서 다양한 부서를 경험해 봤을 텐
데, 가장 안 맞았던 상사가 있었나요?"

"뭐, 있었죠, 있었습니다."

"누구죠?"

"HR(인사부)의 칼 세일 매니저입니다."

리센위가 망설임 없이 이름을 댔다. 그러면서 HR에서의
곤욕스러웠던 두 달이 떠오르는지 넌더리를 냈다.

"그 대머리하고는 죽어도 같이 일하기 싫습니다."

정식 직원이 아니라 프로그램 지원자이기 때문에 어느 정
도 방임한 다른 매니저와는 달리 칼 세일은 사사건건 리센위
가 하는 일에 트집을 잡고 잔소리를 해 댔다.

"죽어도요?"

"……네."

"그와 일하면 승진이 확실하다고 해도요?"

"……얼마나 일해야 하죠?"

"글쎄요. 한 1년?"

"으음…… 으으음……."

리센위가 바로 대답을 하지 못했다.

"미스터 리도 그가 마음에 안 들었지만, 칼 세일 매니저도 마찬가지였던 모양입니다. 미스터 리에 대해 가장 신랄한 평가를 한 사람이 칼 세일이더군요."

"그럴 줄 알았습니다."

"미스터 리. 테스트는 일주일 안에 칼 세일의 입에서 단 한 문장이라도 당신에 대한 긍정적인 평가가 나오게 하는 겁니다."

고개를 내젓는 리센위를 향해 유빈이 또박또박 이야기했다. 그런데도 리센위는 반문할 수밖에 없는 내용이었다.

"네?"

"미스터 리가 조금 전 제 질문에 바로 대답하지 못했다는 사실이 당신의 각오를 보여 주고 있는 겁니다. 말이야 누가 못합니까?

"……."

"상사를 자신의 편으로 만드는 것만큼 회사원으로서 중요한 능력이 없습니다. 특히 승진을 목표로 하고 있다면요."

"하지만 저는 지금 메디컬 부서에서 일하고 있는데…… 그리고 하필이면 칼 세일이라니……."

리센위가 난감한 표정을 지었다.

사람의 마음에 한 번 각인된 인상을, 그것도 일주일 안에, 바꾸는 일은 절대로 쉬운 일이 아니었다.

"미스터 리. 우리는 영업사원으로 시작하지 않았습니까. 고객의 마음을 얻어서 처방을 끌어내는 게 우리 일이었습니다. 핑계는 우리가 만드는 겁니다. 상사를 의사라고 생각해 보십시오. 그의 마음을 얻을 수만 있다면 의사가 당신에게 주는 것보다 훨씬 더 많은 것을 받게 될 것입니다. 승진도 그 중의 하나고요."

리센위가 가만히 유빈의 말을 경청했다.

단순한 테스트가 아니었다.

그가 목표를 이룰 수 있도록 도와주고자 하는 유빈의 마음이 느껴졌다.

"그리고 칼 세일이기 때문에 더 의미가 있을 겁니다. 일주일 후에 그에게 직접 미스터 리에 관해 물어볼 겁니다. 무슨 이야기나 나올지 기대되는군요."

유빈이 미소와 함께 주머니에서 꺼낸 USB를 건넸다.

츠카모토에게 준 것과 같은 종류였다.

"이건 또 뭐죠?"

"미스터 리가 테스트에 합격해 BD팀에 합류하게 되면 머릿속에 숙지하고 있어야 할 내용입니다."

"전 아직 합격하지 않았는데요."

"전 미스터 리가 해낼 거라고 믿습니다. 그럼 저는 일을 해야 해서."

리센위가 업무실 문을 여는 유빈의 얼굴을 빤히 쳐다봤다.

남자가 봐도 호감이 가는 잘생긴 얼굴이었다.

저런 선해 보이는 인상에서 칼 같은 단호함이 계속해서 나오니 적응이 잘 되지 않았다.

유빈의 축객령에 더는 말을 꺼내지 못하고 업무실에서 나온 리센위가 한동안 발걸음을 떼지 못했다.

어두컴컴한 20층의 복도만큼이나 가슴이 답답했다.

리센위가 아까부터 계속 울리던 전화기를 양복에서 꺼내 들었다.

"아, 장 형. 아직 회사에요."

─회사? 이 시간까지 회사에서 뭐해? 지금 해리스로 와.

"해리스요?"

─왜 그래? 약 했어? 오늘 레스터하고 아스널 빅 매치잖아.

"……전 이제 관심 없습니다. 장 형, 나중에 통화해요."

─리, 리, 이봐…….

전화를 끊은 리센위가 천천히 걸음을 뗐다.

'그래, 이건 나에게 주어진 마지막 기회야. 꼭 잡아야 해. 칼 세일? 입만 열면 내 칭찬이 나오게 해주겠어!'

쓰레기 같이 보냈던 아시아 본부에서의 지난 시간을 만회하겠다는 것처럼 엘리베이터로 향하는 그의 발걸음이 점점 빨라졌다.

심경의 변화를 보이는 리센위를 오라를 통해 지켜본 유빈이 만족스러운 미소와 함께 컴퓨터 앞에 앉았다.

아직 확정은 아니지만, 그가 원했던 팀이 구성되고 있었다. 그게 꿈을 이루는 드림팀이 될지, 꿈만 꾸다 끝나는 드림팀이 될지는 아직 알 수 없었지만.

유빈은 리센위가 오기 전, 읽고 있던 파이낸셜 타임즈 기사를 다시 읽었다.

[제네스, 에이티제이 한 이불 덮나?]

에이티제이 관계자에 말을 인용한 기사를 보면 합병은 이미 성사되었고 발표만 남겨 놓은 것처럼 말하고 있었다. 전에 나왔던 기사와는 달리 이번에는 에이티제이 쪽에서 소스를 흘린 듯한 내용이었다.

고민에 고민을 거듭한 유빈은 인트라넷에 들어갔다.

그가 메일을 보내려는 사람의 이름을 찾기는 어렵지 않았다.

"미스터 램버트, 부르셨습니까?"

"아, 톰. 들어와. 이거 한번 먹어 봐. 엘렌이 가지고 온 수제 쿠키인데 먹을 만해."

"음, 맛있군요. 엘렌한테 이런 재주가 있는지 몰랐습니다."

내키지 않았지만, 톰 로렌스가 별말 없이 쿠키를 집어 들었다. 이사회 이후 유지되고 있는 마크 램버트의 좋은 기분을 거스르고 싶지 않았다.

이런 섬세함이 마크 램버트가 그를 좋아하는 이유이기도 했다.

"엘렌의 할머니가 만든 쿠키라는군."

"하하, 그렇다면 이해가 됩니다."

마크 램버트가 자신을 향해 있던 모니터를 톰 로렌스가 볼 수 있게 돌렸다.

"이건 이해가 돼?"

누군가에게 온 장문의 메일이 화면에 띄워져 있었다.

마크 램버트의 얼굴에서는 어느새 웃음기가 사라져 있었다. 그 누군가 때문에 톰 로렌스가 거스르고 싶지 않았던 마크 램버트의 기분은 이미 뒤집힌 상태로 보였다.

그의 시선이 다시 모니터로 향했다.

"자네의 판단을 들어 보고 싶군."

계속 읽어 보라는 마크 램버트의 손짓에 톰 로렌스가 처음부터 글을 읽어 내려갔다.

마크 램버트 CEO에게.

안녕하세요.

저는 제네스 아시아 헤드쿼터에서 BD 매니저로 근무하고 있는 김유빈입니다.

톰 로렌스가 황당함에 일단 읽기를 멈췄다. '유빈 킴?'

인트라넷 시스템상으로는 이제 막 제네스에 입사한 사원도 CEO에게 메일을 쓸 수는 있었다. 하지만 그럴 만한 배짱을 가진 사람도, 정신 나간 사람도 없었다. 혹시 그런 메일이 있더라도 비서인 엘렌이 중간에서 커트를 하기 때문에 마크 램버트가 읽을 일은 없었다.

눈앞의 모니터에 메일이 올라와 있다는 건 엘렌이 중간에서 커트하지 않았다는 뜻이었다.

하지만 아시아 리전의 매니저 역시 CEO에게 직접 메일을 쓸 수 있는 레벨이 아니었다.

'그런 기본적인 사실을 모를 사람이 아닌 것 같은데……'

유빈은 톰 로렌스에게는 그다지 좋지 않은 인상으로 남아 있는 직원이었다. 듀레인 회장과의 관계를 숨겼을 뿐만 아니라 자신을 속이기 위해 연기까지 보여 준 가식적인 녀석.

그렇다고 그의 능력까지 무시하는 건 아니었다.

오히려 반대였다.

어떤 방식이었든 듀레인 회장과의 친분을 만든 것은 물론이고 짧은 경력으로 아시아 본부의 매니저 자리를 꿰찬 것만으로도 뛰어난 능력의 소유자임은 확실했다.

그는 싱가폴에서 만났던 유빈을 떠올리며 다시 메일을 읽어 내려갔다.

글로벌 CEO로서 매우 바쁘신 줄은 알지만 이렇게 메일을 보낼 수밖에 없음을 이해해 주시기 바랍니다.

제가 메일을 드린 이유는 회사에서 진행하고 있는 에이티제이의 합병에 관한 의견을 드리기 위함입니다.

알고 계시겠지만, 애초에 에이티제이와의 합병과 바이오시밀러 사업에 관한 의견을 제시한 사람이 접니다.

미래 전략 연구소의 앤 해밀턴 팀장이 제 의견을 바탕으로 보고서를 올렸다고 알고 있습니다.

에이티제이를 첫 번째 합병 대상으로 선택한 이유는 현재 제네스에 없는 항체의약품 파이프라인을 단숨에 갖춤과 동시에 차후에 항체의약품 신약을 개발할 수 있는 연구 노하우를 흡수할 수 있기 때문이었습니다.

하지만 그 베이스에는 에이티제이의 블록버스터 항체의약품인 애브비의 수익성과 놀라운 매출 성장성이 있습니다.

단순히 파이프라인과 연구 노하우를 갖추기 위해서라면 지금 제네스에서 에이티제이에 베팅한 금액의 반으로도 가능할 겁니다.

저는 전에 해밀턴 팀장의 부탁으로 한국에 있는 셀아키텍트를 루자 목적으로 방문했습니다.

자세한 내용은 차치하고 제가 만약 셀아키텍트를 먼저 알았다면 절대 에이티제이를 추천하지 않았을 거라는 사실입니다.

유럽에서 애브비의 특허는 내년에 만료됩니다. 그리고 미국은 아직 5년이 남았지만, 그 역시 특허 소송으로 무력화될 것으로 예상합니다.

셀아키텍트의 애브비 바이오시밀러는 그 시기에 맞춰서 EMA에 승인 신청을 낼 것입니다. 승인 후 출시하게 되면 애브비의 시장 점유율은 엄청난 속도로 곤두박질칠 겁니다. 현재 예상되는 바이오시밀러의 가격 할인율과 계속해서 발표되고 있는 임상 자료를 확인해 보십시오.

임상 결과 셀아키텍트의 바이오시밀러는 오리지널과 거의 동등한 효과를 지니고 있습니다.

합병이 마무리 단계에 있음을 신문기사와 지인을 통해 들었습니다.

합병을 위해 지금까지 들인 노력을 원상태로 돌리기는 쉽지 않겠지만, 최소한 시간을 조금 더 갖고 주변 상황을 확인하셨으면 좋겠다는 바람에 실례인 줄 알면서도 메일을 씁니다.

더 자세한 내용이 궁금하시면 연락 주시기 바랍니다.

유빈 킴으로부터.

메일을 두세 번 정독한 톰 로렌스가 고개를 이리저리 돌렸다. 뒷목이 뻐근했다.

시간을 조금 더 가지라고?

아직 사인은 하지 않았지만, 합병은 마지막 단계였다.

셀아키텍트는 글로벌 제약 회사인 제네스의 눈으로 보자면 이제 막 태어난 신생아나 다름없었다.

미국은 물론이고 스위스나 독일, 일본같이 제약업 강국도 아닌 한국의 조그만 바이오회사 때문에 합병을 늦춘다?

하지만 단순하게 치부하기에는 걸리는 점이 많았다.

특히 에이티제이의 합병 의견을 낸 사람이 유빈이라는 사실이 마음에 걸렸다.

"어때?"

"미스터 램버트가 전한테 메일을 왜 보여 주셨는지 알 것 같습니다."

"하하, 이것 참. 자네도 바로 판단이 안 되는 모양이군."

"그의 말을 확인할 시간이 필요할 것 같습니다."

"음. 자네가 보기에 그 유빈 킴이라는 사람은 어떤 사람인 것 같았나? 싱가포르에서 직접 만나봤다고 했지."

"네, 하지만 너무 짧은 만남이었습니다."

"제리 클레멘트가 자주 웃더군."

"네?"

"저번 주에 합병 문제로 에이티제이 본사가 있는 샌프란시스코에 다녀왔지 않나."

"네, 그러셨죠."

"그때 말이야. 제리 클레멘트가 계속 웃더라고. 마치 즐거움을 숨길 수 없는 사람처럼 말이야."

톰 로렌스는 그제야 마크 램버트가 하는 말을 이해할 수 있었다.

에이티제이의 회장인 제리 클레멘트는 제네스와 합병 협상을 하고는 있지만, 우호적인 태도를 보인 적은 없었다. 항상 까다로운 조건을 고수하고 시도 때도 없이 제네스와의 합병 따위는 필요 없다고 이야기하고 다녔다.

"그도 마음을 정한 게 아닐까요?"

질문하기는 했지만, 그도 정답은 아니라는 것은 알았다.

"그래. 그런데 뭔가 이상해."

"어떤 게 말씀이십니까?"

"음, 톰. 에이티제이와의 합병 기자 회견이 언제였지?"

"나비로이 글로벌 런칭 기자 회견 후, 일주일 뒤입니다. 일부러 그렇게 스케줄을 짰죠."

"아직 좀 시간이 있군. 합병 마무리하기 전에 조금 더 자세히 알아봐야겠어."

톰 로렌스의 표정이 굳어졌다.

제리 클레멘트의 이야기를 하기는 했지만 결국에는 유빈의 의견을 받아들이게 된 모양새였다.

"그리고 한 가지 더. 그 유빈 킴이라는 친구와 이야기를 해봐야겠어. 뉴욕으로 오라고 하게."

마크 램버트가 수제 쿠키를 입으로 가지고 갔다.

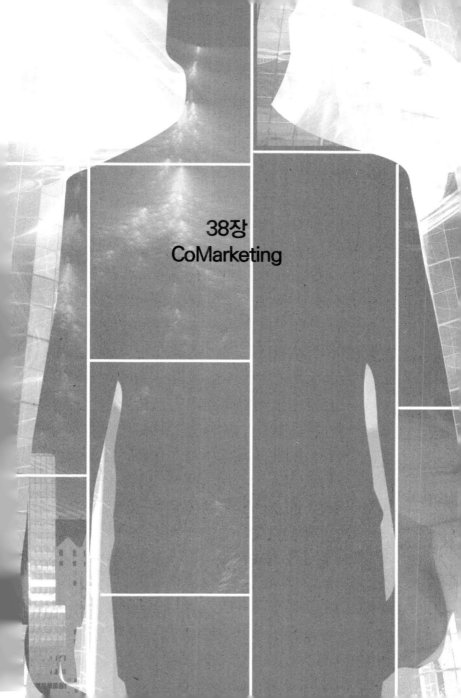

38장
CoMarketing

"너 이야기 들었어?"

"무슨 이야기?"

"BD팀 말이야. 이번에 직원 두 명을 뽑았는데 그중 한 명이 리센위라던데."

"엑? 리센위? 그 골칫덩어리를 데려갔다고?"

"그렇다니까! 믿겨져?"

"아니. 전혀. 그 녀석을 왜…… 아, 그럼 나머지 한 명은 누구야?"

"항암사업부의 음…… 츠마…… 츠카모토 타츠야였던가? 그런 이름이었어."

"누구?"

"너도 처음 들어봤지? 아시아 본부에서 1년이나 근무했다고 하는데 나는 누군지 전혀 모르겠더라."

"그러니까 한 명은 공인된 문제아고 나머지 한 명은 존재감이라고는 눈곱만큼도 없는 아웃사이더라는 이야기지? BD팀 괜찮은 거야?"

"BD팀 매니저부터 낙하산이라는 소문이 있잖아."

"나도 들었어. 발령은 미스터 나라옌이 내기는 했는데 더 윗선에 연줄이 있다는 소문 말이지?"

"설마 글로벌 CEO나 체어맨의 숨겨진 아들?"

"……너무 갔다. 피부색이 다르잖아."

"아, 그렇지."

"어쨌든 경력이 2년밖에 안 된 직원을 매니저 자리에 앉힌 건 말도 안 되는 일이야."

"슬슬 진면목이 나오는 거 아닐까? 사람 보는 눈이 있으면 그 두 사람을 뽑을 리가 없잖아."

"쉬, 저기 BD팀 매니저다."

"겉모습은 참 멀쩡한데…… 아, 안녕하세요."

복도에서 수다를 떨던 두 사람은 유빈과 눈이 마주치자 언제 그랬냐는 듯이 인사를 건넸다.

유빈도 미소로 화답했다.

그의 귀에는 두 사람의 대화가 다 들렸지만 그렇다고 기분이 나쁘지는 않았다. BD팀이 아시아 본부에서 이슈가 되고 있다는 사실은 그에게 나쁠 게 없었다.

기대가 낮은 사람들이 일을 잘하면 그 효과가 더 커 보이기 마련이다.

지금 굳이 변명하지 않아도 몇 달 후면 직원들의 뒷담화는 찬사로 바뀔 것을 유빈은 믿고 있었다.

두 사람을 지나쳐 20층으로 향한 유빈이 업무실의 문을 열었다. 문에 붙어 있던 유빈의 개인 명패는 Business Development로 바뀌어 있었다.

"많이 기다렸죠?"

"아닙니다."

타츠야와 리센위가 앉은 채로 가볍게 인사했다.

혼자 쓸 때는 적당히 넓었지만, 책상 세 개와 사람 세 명이 자리를 차지하고 있다 보니 조금은 좁게 느껴졌다.

"매니저님, 말씀하신 대로 출장 신청을 올렸습니다. 결제 부탁합니다."

"네, 리는?"

유빈은 두 사람이 합류하자마자 서로 호칭을 정리했다. 유빈과 타츠야는 서로 이름을 부르기로 했다. 리센위는 뜻밖에 보수적이라 죽어도 유빈의 이름을 부를 수 없다고 버텨서 유빈만 리라고 부르게 되었다.

"지금 올리고 있습니다. 그런데 우리 정말 출장 가도 괜찮은 건가요?"

리센위의 표정이 그답지 않게 조심스러웠다.

"왜요? 출장이 필요해서 가는 건데 누가 뭐라고 하겠습니까."

유빈이 대답하며 리센위를 쳐다봤다.

리센위는 유빈이 내준 테스트를 일주일이 아닌 3일 만에 통과했다.

유빈이 HR 매니저인 칼 세일을 찾아갈 필요도 없었다. 테스트를 내주고 정확히 3일 뒤 칼 세일은 유빈을 찾아와 다짜고짜 리센위의 칭찬을 늘어놨다.

"이제 된 거죠?"

"뭐가 말입니까?"

유빈이 짐짓 시치미를 떼며 되물었다.

"아니, 리센위. 이 미친놈이 뭘 잘못 먹었는지 3일 전부터 저를 스토킹하고 있습니다. 그리고 시도 때도 없이 BD팀의 미스터 킴에게 자신에 대해 좋은 말을 해달라고 하더군요. 처음에는 무시했는데, 회사에서는 물론이고 퇴근길에도, 심지어는 집 앞에서까지 서성거렸습니다. 3일 연속으로요! 내

정말 회사 직원만 아니었으면 경찰에 신고했을 겁니다!"

"이런, 그가 왜 그랬을까요? 마음고생이 심하신 것 같은데 걱정하지 마십시오. 제가 잘 말해 보겠습니다."

유빈이 속으로 웃음을 참으며 칼 세일을 잘 다독여 돌려보냈다.

칼 세일의 칭찬에는 진심이 티끌만큼도 담겨 있지 않았지만, 칭찬은 칭찬이었다.

그렇게 뻔뻔한 친구가 오줌 마려운 강아지처럼 안절부절 못하고 있었다.

"리, 오랜만에 중국 가는데 좋지 않아요?"

"좋기는 한데요. 요즘 회사에서 떠도는 소문도 그렇고……."

"소문은 전혀 신경 쓸 필요 없습니다."

유빈이 단호하게 그의 말을 잘랐다.

"그리고 조금 전 나라엔 CEO께서 오셔서 미스터 츠카모토와 저를 마치 쓰레기 보듯이 쳐다보고 갔습니다. 급하게 매니저님을 찾던데요."

"미스터 나라엔 역시 신경 쓸 필요 없습니다. 그리고 쓰레기라뇨. 두 분은 제가 뽑은 드림팀입니다. 타츠야, 리가 지금 오버하는 거죠?"

"음, 저는 도매금으로 넘어간 것 같고 리를 보는 눈빛은 확실히 찜찜했습니다."

타츠야가 컴퓨터 위에 조심스럽게 스타워즈 피규어를 배열하며 답했다.

"미스터 나라옌은 우리 직원을 그런 눈으로 본 죄가 있으니까 기다리라고 하죠. 급하면 또 연락이 오겠죠. 자, 우리는 회의 시작합시다. 두 분이 고국으로 출장 가는 이유와 전반적인 BD팀의 계획에 대해 브리핑하겠습니다."

"넵!"

"알겠습니다."

"그 전에 USB에 들어 있는 내용은 전부 숙지했죠?"

타츠야가 자신 있게 고개를 끄덕인 반면 리셴위는 유빈의 눈치를 살폈다.

"리는 중국 땅에 발이 닿기 전에 내용을 꼭 숙지하세요."

"알겠습니다!"

걱정은 돼도 출장을 간다고 하니 업된 모양이었다.

그럴 만도 했다.

저렇게 활동적이고 외향적인 직원을 거의 1년간 특별 프로그램을 수행한답시고 데스크 업무에만 묶어 놨으니 얼마나 스트레스를 받았겠는가.

유빈이 목줄을 끊어 준 것만으로도 그는 날아갈 듯이 좋아했다.

유빈이 갖춰 놓은 빔프로젝터를 흰 벽을 향해 쐈다.

"두 분 다 알다시피 BD팀이 맡게 될 약품은 OAB(Overactive Bladder, 과민성방광염) 치료제인 나비로이입니다. 본사에서 야심 차게 출시한 제품으로 기존의 항무스카린제제가 가지고 있는 간 대사 문제, 변비, 그리고 중추신경계 이상 등의 부작용을 획기적으로 개선한 제품입니다."

집중해서 듣고 있는 두 사람을 바라보며 유빈이 다음 슬라이드로 넘어갔다.

"그럼 왜 나비로이냐. 이게 궁금할 겁니다. 그 이유는 지금 본사에서 가장 관심을 두고 있는 제품이기 때문입니다. E디테일에 대해서는 제가 USB에 넣어놨죠?"

"네, 놀라운 시스템이던데요. MR 없이 디테일이라……."

타츠야가 종이로 프린트된 자료를 다시 한 번 확인했다.

"마크 램버트 현 글로벌 CEO가 심혈을 기울인 작품입니다. 이번에 유럽 리전에서의 나비로이 판촉은 E디테일로만 이뤄집니다. 아시아 매출이 유럽 매출을 반드시 뛰어넘어야 하는 이유죠."

"왜 유럽 매출을 이겨야 하는 거죠? 리전마다 매출 포션도 다르고 시장 상황도 다른데."

이번에는 리센위가 날카로운 질문을 던졌다.

"좋은 질문입니다."

유빈이 나라엔 CEO와 나눴던 이야기를 들려 주자 분위기가 진중해졌다.

단순한 런칭이 아니라는 사실을 그들도 알 수 있었다.

"그럼, 중국에서 CC 영업팀이 사라졌던 것 같은 일이 또 생길 수 있다는 말인가요?"

유럽보다 매출이 떨어지는 리전에서는 감원의 가능성이 있다는 말에 흥분한 리센위가 얼굴을 붉혔다.

"특히 영업팀이 위험하겠죠."

"이런 썅, 웃대가리들은 도대체 영업팀을 뭐라고 생각하는 거야! 영업팀이 없으면 약이 아무리 좋아도 처방이 될 것 같아!"

"리, 진정해요. 그러니까 우리가 그런 일이 일어나지 않도록 해야 하는 겁니다."

"죄송합니다. 갑자기 생각이 나서…… 죄송합니다."

얌전하던 리센위가 갑자기 헐크가 되자 깜짝 놀란 타츠야가 조심스럽게 손을 들었다.

"제가 알 바는 아니지만, 이건 마크 램버트 CEO에게도 모험 아닌가요? 반드시 성공할 거라는 보장도 없을 텐데요."

질문에 만족하며 유빈이 설명을 곁들였다.

"비슷한 효능을 가진 약이 시장에서 경쟁하게 되면 MR의 영업력이 매출에 큰 영향을 미칩니다. 하지만 나비로이 같은

약은 정보만 제대로 전달해도 의사가 알아서 처방할 겁니다. 그의 머릿속에 들어가 보지 않아서 확실하지는 않지만, OAB 시장이 아직 크지 않기 때문에 만약 실패하더라도 대세에는 별 영향이 없는 약을 선택했을 겁니다."

유빈의 명쾌한 설명에도 그는 조금 더 심하게 고개를 갸웃거렸다.

"듣다 보니까 이해가 안 되는 부분이 있는데요. 그러니까 지금 우리가 하려는 일이 본사 CEO의 일을 거스르려는 건가요?"

대답에 따라 엄청난 폭풍을 일으킬 수 있는 질문이었다. 하지만 유빈은 한 치의 망설임도 없이 고개를 끄덕였다.

"전에 저한테 물어보셨죠?"

"네? 뭘⋯⋯."

"황제가 누구냐고요. 황제는 뼛속까지 나쁜 놈이니까 마크 램버트를 이렇게 정의하죠. 그를 다스베이더라고 생각하면 됩니다."

"그러니까 유빈 말은 그가 원래는 좋은 놈인데 잘못된 정책을 펴고 있다는 말이군요. 그래서 우리가 그걸 그에게 깨우쳐 줘야 한다는 거고요."

'뭐야! 알아들었어?'

유빈이 다스베이더를 들먹이자 무슨 소리인가, 했던 리센위는 타츠야가 찰떡같이 알아듣자 입을 떡 벌렸다.

그가 범접할 수 없는 덕후의 세계였다.

"정확합니다. 그는 영업팀의 최소화가 회사의 이익에 도움이 된다고 생각합니다. 그렇지만 저는 그 의견에 반대합니다. 그는 영업의 힘을 과소평가하고 있습니다. 사람과 사람 사이에서 일어나는 상호작용이 얼마나 대단한 건지 모르는 사람이죠. 이번에 우리가 제대로 가르쳐 줄 겁니다."

"정말 레지스탕스라도 된 기분이군요."

"괜찮겠어요? 이유야 어찌 됐든 현 CEO의 정책에 반하는 일인데요."

"음, 매니저님이 커버 쳐 주시겠죠. 전 괜찮습니다. 솔직히 조금 두근거리기도 하고요."

아까부터 두 사람의 새로운 면이 계속 나왔다.

소심하고 예의 바르게만 보이던 타츠야가 이렇게 뻔뻔할 줄이야. 역시 사람은 사귀어 봐야 알 수 있었다.

리센위도 스타워즈 부분에서는 멍했지만 바로 정신을 차렸다. 제네스 차이나에서와 같은 일이 또 생겨서는 절대 안 되었다.

"그런데 글로벌 CEO가 심혈을 기울인 그 뭐냐, E디테일을 우리가 상대할 수 있을까요?"

"그리고 매출도 중요하지만 E디테일을 누를 수 있는 판촉 방법을 생각해 봐야 할 것 같습니다. 유럽에서 E디테일이 성공한다면 아시아 매출과는 상관없이 시스템을 확대하려고 할 테니까요."

"제가 확실히 사람은 잘 뽑은 것 같군요. 두 분이 있으니까 천군만마가 필요 없습니다. 저도 두 분과 같은 생각입니다. 내용상으로도 매출로도 E디테일을 이기는 방법을 생각해 봤습니다."

유빈이 다시 슬라이드를 넘겼다.

NEVA

CoMarketing

"NEVA? CoMarkting은 대충 알겠는데 NEVA는 뭔가요?"

"제가 만든 단어입니다. E디테일의 대항마죠. NEVA는 New EVAluation의 약어입니다."

"새로운 평가?"

"새로운 평가 방법입니다. 내용을 보시죠."

슬라이드의 내용을 확인한 두 사람의 눈이 동그래졌다.

"헉…… 너무 파격적입니다."

"이게 가능할까요? 파장이 만만치 않을 것 같네요."

두 사람은 진짜 놀랐는지 한동안 말을 잇지 못했다. 그만큼 유빈이 준비한 내용은 제약회사 직원으로서 충격적인 내용이었다.

"가능하게 만들어야죠. NEVA가 E디테일의 취지에 대항한다면 CoMarketing은 매출을 책임질 겁니다. NEVA에 과한 자세한 이야기는 조금 있다가 하고 CoMarketing으로 넘어가죠. 무엇 때문에 출장을 가는지는 알아야 하니까요."

두 사람은 영화를 보는 것처럼 유빈의 발표에 빨려들었다.

"누가 뭐래도 아시아 리전의 탑 매출 국가는 중국, 일본, 인도, 호주 그리고 한국입니다. 중국, 일본, 한국은 우리 셋이 맡으면 되고 나머지 두 나라는 따로 생각해 놓은 방법이 있습니다. 이 다섯 나라에서 매출이 극대화되는 게 현재 목표입니다."

아무 생각 없이 발표에 빠져 있는 리센위와는 달리 타츠야는 감탄하며 고개를 끄덕였다.

유빈이 국가까지 고려해서 자신과 리를 뽑았다고 생각하니 소름이 돋았다.

"두 분이 할 일은 중국과 일본에서 나비로이와 공동마케팅을 할 수 있는 제약회사를 컨택하고 가능하면 계약까지 성사하는 겁니다."

꿀꺽.

"쉽지 않겠네요."

"저도 한국에서 같은 일을 진행할 겁니다. 대상 제약회사는 비뇨기과 영업력에 강점이 있는 회사여야 하고 다국적 제약사보다는 국내 회사가 좋을 것 같습니다. 두 분을 뽑기 전에 제가 일단 가능성 있는 회사 리스트를 만들었습니다. 하지만 인터넷에서 찾은 자료를 바탕으로 했기 때문에 두 분이 현장의 정보로 판단해 주십시오."

"그런데 왜 국내 회사죠?"

"계약 가능성이 크기 때문입니다. 제네스는 세계 제 1위 제약사입니다. 그들 입장에서는 세계 최대 제약회사와 코마케팅을 한다는 사실만으로도 회사와 약품 홍보를 제대로 할 수 있을 겁니다. 특히 해외에 수출 계획이 있다면 더 달려들 겁니다."

"오오, 그런 이유가!"

막막해 하던 리센위의 얼굴이 펴졌다.

"단, 기한은 일주일입니다. 일주일 안에 구체적인 성과를 내야 합니다. 아시아 본부에서 발표하기 전에 진행 상황을 전해 주십시오. 저는 바로 한국으로 갔다가 발표 날에 맞춰서 돌아오겠습니다."

"가족, 친구 만날 시간도 없겠네요."

"시간이 촉박하다 보니 어쩔 수 없네요. 일이 끝나면 휴가는 확실히 챙겨 주겠습니다."

"전, 좋습니다. 이게 진짜 일이죠."

리센위의 말에 타츠야도 동조했다.

"저도 마찬가지입니다. 제대로 해보고 싶은 마음이 막 생깁니다."

"한국, 중국, 일본이 이렇게 뭉친 적이 있었나요? 우리가 한번 선례를 만들어 봅시다!"

유빈의 선창에 세 사람이 찻잔을 부딪쳤다. 복숭아나무 아래는 아니었지만, 창밖으로 봄 꽃잎이 흩날렸다.

💼

노크를 하고 이제는 익숙해진 CEO업무실 앞에서 대답을 기다렸다.

들어오라는 소리에 문을 열자 얼그레이 향기가 먼저 유빈을 맞았다.

"미스터 나라옌, 찾으셨다고요."

"미스터 킴! 전화도 안 받고 도대체 어디에 있었습니까?"

"수신 상태가 좋지 않은 곳에 있었나 봅니다. BD팀에 돌아가니까 직원들이 미스터 나라옌이 다녀갔다고 하더군요. 무슨 급한 일이라도 있나요?"

"아닙니다. 사실 급한 일이 아니었는데 제가 조금 흥분한 모양입니다 .앉으시죠."

나라옌은 유빈과 함께 자리에 앉자 입을 열었다.

"직원 두 명을 뽑았더군요."

"네, 맞습니다."

"왜 그 두 사람입니까?"

나라옌은 유빈이 BD팀원을 뽑았다는 이야기를 듣고 인사 발령을 내기 위해 두 사람의 경력과 PMP를 확인했다.

두 사람 모두 그의 기억에 없는 직원이었다.

유빈이 뽑았다면 이유가 있을 거라는 기대감에 인사 자료를 확인했지만 나라옌의 표정은 굳어졌다.

기대 이하가 아니라 평균 이하였다.

"능력이 인사 자료와 항상 일치하는 것은 아닙니다. 오히려 안 맞는 경우가 더 많습니다."

나라옌이 무슨 생각을 하는지 알았지만, 유빈은 차분히 대응했다.

"후우. 저도 미스터 킴이 아무 이유 없이 둘을 뽑았다고는 생각하지 않습니다. 다만 본부에서 도는 말들도 있고 저 역시도 조금은 이해가 안 됩니다."

"무슨 이야기가 도는지는 잘 알고 있습니다. 제가 BD팀 매니저로 온 것은 물론이고 이번에 BD팀 직원을 뽑으면서 말이 더 많아졌더군요."

"가볍게 여길 일만은 아닙니다. 정말 이 직원들로 괜찮습니까?"

"네. 그 둘이면 충분합니다. 그리고 어드민 한 명도 BD팀 전담으로 붙여 주십시오."

유빈이 가지고 온 아리바니의 인사 기록을 나라엔 CEO에게 건넸다.

"미스 파리바마두야 상관없지만, 아무리 생각해도 이 두 사람은 아닌 것 같은데요."

그녀의 인사 기록을 살핀 나라엔 CEO가 미심쩍은 눈으로 말을 이어 갔다.

"평소 때였으면 저도 별말 하지 않았을 겁니다. 그렇다고 이 두 사람을 뽑은 일을 칭찬도 안 하겠지만요. 아무튼, 지금은 비상사태입니다. 이제 마크 램버트의 독주를 견제해야 합니다."

나라엔의 목소리가 조금씩 빨라졌다.

그는 위기감을 느끼고 있었다. 이번 결정에 대놓고 반대한 사람은 그밖에 없었다.

"이번에 그가 밀고 있는 전자 디테일링이 성공한다면 상상하기도 싫은 후속 조치가 이어질 겁니다. 그런데 더 무서운 건 뭔지 아십니까? 저조차도 나비로이의 전자 디테일링에 관한 발표를 들으니 성공할 수도 있겠구나 하는 생각이 들었다는 사실입니다."

"저도 잘 알고 있습니다. 그리고 미스터 나라옌의 다급한 마음도 이해가 가고요. 지금 말씀하신 것처럼 비상사태이기 때문에 이 두 사람을 뽑은 겁니다."

유빈이 부드러운 오라를 퍼뜨렸다.

순간 감전된 것처럼 몸을 떤 나라옌 CEO의 표정이 편안해졌다.

"음, 미안합니다. 마음이 급하다 보니 말도 급했던 것 같습니다."

침착한 유빈의 대응 덕분인지 나라옌도 순간 흥분되었던 마음을 가라앉혔다.

"이미 아시다시피 BD팀에 적합한 사람을 뽑기 위해 아시아 본부 전 직원의 인사 자료를 확인했습니다.

나라옌이 고개를 끄덕였다.

유빈의 요청으로 그가 허락한 일이었다.

"가장 먼저 한 일은 대상자를 좁히는 일이었습니다. 무난한 실적과 무난한 평가를 받은 사람은 가장 먼저 대상에 제외했죠. 남은 사람이 몇 안 되더군요. 그중에서 업무 수행도는 높지만, 동료 평가는 낮은 사람이 후보자였습니다."

"어떤 생각으로 그런 선택을 한 건지 궁금하군요."

"특정 분야에 뛰어난 사람은 대부분 성격적으로 모난 부분이 있기 마련입니다. 그 부분을 조직에서 받아들이지 못한다면 그 사람은 외톨이가 됩니다."

"그렇기도 하죠."

스티브 잡스가 창업했기에 망정이지 그가 어떤 회사의 직원으로 입사했다면 며칠 버티지 못했을 것이다.

"이 둘이 그랬습니다. 미스터 츠카모토는 치밀한 마케팅 전략을 짜고 세세한 부분도 놓치지 않는 능력을 갖추고 있습니다. 마이크로 마케팅의 전문가죠. 하지만 능력과 비교하면 소심한 성격과 인간관계를 피하는 모습이 조직 입장에서는 단점으로만 바라봤습니다."

유빈의 이야기에 나라옌이 타츠야의 인사 기록을 다시 한 번 살폈다. 제네스 자팬에서는 성격에 대한 안 좋은 평가 기록이 전혀 없었다.

"일본 사람 중에는 타츠야 씨 같은 사람이 적지 않기 때문에 이해를 받을 수 있었습니다. 하지만 아시아 본부에서는 그를 이상한 사람으로 봤죠."

"으음, 내 잘못이 크군요."

아무리 리전 CEO라도 전 직원을 챙길 수는 없었다. 그런데도 나라옌은 자신의 책임으로 돌렸다.

유빈의 고개를 끄덕였다. 역시 존경할 만한 인격의 소유자였다. 그래도 유빈은 하던 말을 남김없이 했다.

이번 기회에 아시아 본부의 인사 평가 부분도 바뀔 필요가 있었다.

"미스터 리는 어떨까요? 아시아 본부에서 그에 대한 평가는 '이보다 더 안 좋을 수는 없다.'입니다. 업무 수행도는 평균이었지만 동료 평가에서는 전체 직원 중 최하점을 받았습니다."

특별 프로그램 대상자이기 때문에 자기 직원보다 평가가 더 객관적이었다. 리센위의 평가를 확인한 나라엔 CEO의 인상이 찌푸려졌다.

"그의 경력을 보십시오. 경쟁이 치열한 중국에서 무려 3년 연속 베스트 MR을 달성했습니다. 이런 외향적인 사람을 내근 부서에 가둬 놓았으니 실적이 좋을 수가 있겠습니까? 왜 다른 부서에서는 누구나 할 수 있는 이런 생각을 평가서에 단 한 줄도 쓰지 않았을까요?"

"으음……."

나라엔 CEO는 마땅히 반박할 말을 찾지 못했다.

유빈의 선택을 탓하려다가 되로 주고 말로 받은 형세였다.

"그들의 현재 상사는 이 두 사람의 모난 부분을 감싸면서 가기에는 그릇이 부족한 사람들입니다. 애초에 그럴 생각도 하지 않았고요. 그들에게는 그저 명령을 잘 따르고 목표치에 근접한 성과만 내는 사람이 좋은 직원입니다."

"미스터 킴의 말이 맞습니다. 인사 평가 부분에 관해서는 확실히 손을 보겠습니다."

나라옌 CEO가 두 손을 들었다.

그에게 이렇게 직접적인, 어찌 보면 기분이 상할 수 있는 조언을 한 사람은 한 명도 없었다.

"후우, 알겠습니다. 그런데 미스터 츠카모토는 마케팅 전문가라서 뽑았다고 하니 그나마 이해가 가지만 미스터 리는 영업 경력밖에 없는데 왜 뽑은 건가요? BD팀에서 영업할 일도 없을 텐데요."

"약을 팔기 위한 영업은 아니지만 제가 계획하는 일이 제대로 이뤄지려면 그의 영업력이 꼭 필요합니다."

나라옌이 열정적으로 이유를 설명하는 유빈을 빤히 쳐다봤다.

아시아 지부의 변화를 누구보다 갈망한 사람이 자신이었다. 그런데 유빈이 일반적이지 않은 직원을 뽑았다고 그를 의심한 사람도 자신이었다.

말로만 변화를 외친 건 아니었을까?

그의 직언이 당황스럽기는 했다.

하지만 그런 의미에서 나라옌은 유빈을 BD팀 매니저로 발탁한 자신의 결정은 최고의 선택이라고 생각했다.

"저는 이 두 사람의 장점을 최대한 끌어내서 최고의 팀을 만들 겁니다. 조금 소심하면 어떻습니까. 잘난 척 좀 하면 또 어떻습니까. 그런 단점은 사소한 일입니다."

유빈은 리센위를 현장을 종횡무진으로 움직이는 돌격대장, 타츠야는 살림을 챙기는 안방마님, 그리고 자신은 그 둘을 중재하면서 잘 이끌 수 있는 지휘관으로 역할을 이미 설정해 두었다.

두 사람을 선택한 유빈의 결정은 조절초점 이론(Reglatory Focus Theory)을 기반으로 한 것이었다.

성취 지향적인 리센위와 안정 지향적인 타츠야. 그리고 그 두 사람에게 성향에 맞는 동기 부여 메시지를 던질 수 있는 자신의 조합은 최고의 팀이 될 수 있었다.

나라옌이 기분 좋게 고개를 끄덕였다.

"잘 알겠습니다. 아, 그리고 뉴욕 본사에서 미스터 킴의 이번 달 스케줄을 문의해 왔습니다."

"본사에서요?"

"그냥 본사도 아니고 무려 CEO 비서실에서 연락이 왔습니다."

말하면서 유빈의 반응을 살피는 게 느껴졌다.

나라옌과 마크 램버트가 사이가 얼마나 안 좋은지는 유빈도 잘 알고 있었다.

그런 마크 램버트의 비서실에서 연락이 왔으니 그의 반응이 이해가 되었다.

살짝 고민한 유빈은 메일을 보낸 이야기만 빼고 솔직하게 답했다.

"에이티제이와의 합병 때문일 겁니다."

"네? 합병이요?"

예상 밖의 대답에 그의 눈이 커졌다.

"전에 듀레인 회장님과 뉴욕에서 만났을 때 에이티제이와의 합병 의견을 냈습니다. 그 의견이 미래전략연구소를 통해 임원회의까지 올라갔고 지금 상황까지 진행된 것 같습니다."

나라엔도 물론 잘 아는 내용이었다.

에이티제이와의 합병 안건에 대해 그도 임원회의에서 찬성표를 던졌다.

그런데 그 의견을 유빈이 제안했다고?

솔직히 믿기지 않았다. 그렇다고 허풍을 칠 남자는 아니었다. 게다가 CEO 비서실에서 연락이 온 것도 엄연한 사실이었다.

"미스터 킴, 그런 중요한 일이라면 바로 뉴욕으로 가야 하지 않나요?"

"발표 후에 가도 괜찮을 것 같습니다. 그쪽에서 이번 달 안에 스케줄을 정해 달라고 했으니까 그 정도의 여유는 있다는 뜻일 겁니다."

"알겠습니다. 그럼 그렇게 회신하겠습니다."

"저는 내일 한국으로 출장을 갈 계획입니다. 발표 전에 돌아오겠습니다."

"바쁘군요."

"미스터 나라옌도 곧 바빠지실 겁니다."

"네?"

"오빠!"

"어, 서윤아!"

출국장 게이트를 빠져나오자 주서윤이 한달음에 달려와 유빈에게 안겼다.

영화 같은 장면에 주변에서 부러움과 질시의 시선을 동시에 보냈지만, 두 사람에게는 닿지 않았다.

매일 화상 통화를 한 시간씩 하며 이야기를 나눴지만 채워지지 않았던 서로의 온기를 마음껏 느꼈다.

그렇게 한참을 포옹하고 있던 유빈이 그녀의 얼굴을 마주 봤다.

"안 와도 된다니까 왜 왔어? 그보다 어떻게 온 거야? 연차 쓴 거야?"

"헤헤, 이동하는 시간이라도 오빠하고 같이 있으려고 왔지."

서윤에게 한국에 가도 일 때문에 거의 못 볼 것 같다고 이야기한 게 그저께였다. 통화할 때는 별말 없었던 그녀가 깜짝 마중을 나온 것이었다.

말은 그렇게 했지만, 유빈은 미소를 숨기지 못하고 주서윤에게서 시선을 떼지 못했다.

"오빠, 앞을 보고 걸어야죠."

"예뻐서 눈을 뗄 수가 없다."

"왜 그래요? 사람들이 듣겠어요."

"누구 듣는다고 그래? 그런데 서윤이 너는 화면발이 안 받는 것 같다."

"무슨 화면발?"

"화상통화보다는 실물이 백배는 예쁘다."

"아이, 이 오빠가 몇 달 김치 안 먹었다고 느끼해져서 왔네. 안 되겠어요. 응급 처치로 회사 들어가기 전에 김치찌개라도 먹어야겠어요."

주서윤은 그래도 싫지는 않은지 유빈의 팔에 팔짱을 꼭 꼈다.

인천공항에서 삼성동 공항버스터미널까지의 거리가 그렇게 짧을 수가 없었다.

아쉽지만 저녁에 다시 만날 약속을 하고 유빈은 바로 제네스 코리아로 향했다.

싱가포르에서도 많은 일이 있었기에 짧지 않게 느껴진 시간이었지만, 그래 봤자 한국을 떠난 지 두 달이었다.

유빈을 반기는 제네스 코리아 동료들의 반가움도 딱 그 정도였다.

첼시 사장, 장결희 본부장 그리고 여성건강사업부 마케팅팀 등에게 먼저 인사한 유빈은 제네스 코리아 BD팀으로 발걸음을 옮겼다.

"송 차장님!"

"오, 유빈 씨. 아니, 이제 뭐라고 불러야 하나."

"하하, 유빈 씨면 됩니다."

BD팀의 송우진 차장이 유빈을 반겼다. 그와는 코마케팅 건으로 싱가포르에서도 계속 연락하고 있었다.

"준비는 되었나요?"

"일단 우리 쪽 협상단부터 만나 봐야지."

송 차장이 유빈을 회의실로 안내했다.

다른 사람들과 이야기하고 있던 박용신 전무가 먼저 유빈을 반갑게 맞았다.

"전무님. 안 그래도 사무실에 인사드리러 찾아갔는데 안 계셔서 연락드리려 했습니다. 이쪽에 벌써 와 계셨군요."

"그랬나? 하하. 잘하고 있지? 아니, 자네라면 걱정할 필요는 없겠지."

"도와주셔서 감사합니다."

"하하, 자네를 도와주지 않으면 누구를 도와주겠나. 자네가 한 일에 비하면 아무것도 아닐세."

박 전무가 유빈의 어깨를 두드리며 따뜻한 눈길을 보냈다.

"그런데 전무님이 왜……."

박 전무가 있을 줄은 몰랐던 송 차장이 긴장한 자세로 유빈에게 속삭였다.

"제가 따로 부탁했습니다."

"성국약품 김창흠 상무가 내 대학 동기일세. 유빈 씨가 아니, 협상단의 리더니까 이제 단장이라고 불러야겠지. 김 단장이 어떻게 알았는지 같이 좀 가 달라고 부탁하더군. 김창흠이 마케팅 총괄 상무라 내가 가면 도움이 될 거야."

"전무님께서 전체 부서 영업팀의 책임자시기 때문에 성국약품과 나비로이 영업 인력을 조율하는 부분도 책임져 주실 겁니다."

유빈에 이어 박 전무가 궁금증을 풀어주고 다시 유빈이 살을 덧붙였다.

"전무님이 함께하신다고 하니까 한결 마음이 놓입니다."

"송 차장, 나는 어디까지나 단원일세. 단장은 김유빈 씨야. 하하."

송 차장이 아부 신공을 발휘하는 가운데 이번에는 박 전무의 옆에 앉아 있던 여자 중 한 명이 유빈에게 악수를 청했다.

"오랜만이네요."

얼굴을 확인한 유빈의 표정이 밝아졌다.

"잘 지냈어요? 소영 씨가 나비로이 PM인 줄은 몰랐네요."

그녀는 유빈의 입사 동기 안소영이었다.

신입사원 교육 반장으로 경쟁자였던 그녀가 PM(Product Manager)으로 유빈 앞에 선 것이었다. 입사한 지 2년 만에 PM을 맡았으니 그녀가 전문의약품 사업부에서 얼마나 뛰어난 성적을 냈는지 알 수 있었다.

"열심히 했군요."

"그래도 유빈 씨는 못 따라가겠네요. 벌써 아시아 본부 매니저라니."

"저는 더 열심히 했거든요."

"뭐예요?"

유빈의 농담에 그녀의 눈썹이 순간 올라갔지만 금방 풀어졌다.

마지막으로 홍보부의 이정연 대리와 인사를 나눈 유빈이 짧게 프리젠테이션을 했다.

"많은 후보 제약회사 중에 성국약품을 선택한 이유는 우선, 비뇨기과에 강점이 있기 때문입니다. 전립선비대증 치료 제인 자토스는 작년에 출시돼서 좋은 성적을 보여 줬습니다. 비뇨기과에서 그들의 도움을 받는다면 나비로이가 이른 시간에 시장에 자리를 잡을 수 있을 겁니다."

"이유가 그것뿐인가요?"

안소영이 노트북에 타이핑을 하며 물었다.

"물론 아닙니다. 여러 회사에 제안했지만, 성국약품이 가장 긍정적인 답변을 주었습니다."

"성국약품에는 어떤 이점이 있어서 그런 걸까요?"

"제가 조사해 본 바로는 성국약품은 정부의 약가인하 정책으로 재작년부터 100억 원이 넘는 손실을 보았습니다. 성국약품의 임진수 회장은 그 이후 약품의 해외 수출에 사활을 걸고 있습니다. 자토스는 현재 EMA 허가를 기다리고 있습니다. 잘 만들어진 약이라 승인은 받겠지만, 약점은 성국약품의 글로벌 인지도입니다."

"매출이 쉽지 않겠군."

박 전무가 고개를 끄덕였다.

"네. 결국, 해외 제약사와 판권 계약을 맺어야 하는데 거기서도 인지도 때문에 유리한 계약을 하기 힘들 겁니다."

"홍보 효과군요."

이정연 대리가 알겠다는 듯이 펜을 돌렸다가 잡았다.

"맞습니다. 제네스와 공동 판촉 계약을 했다고 홍보가 되면 한국뿐만 아니라 전 세계적으로도 회사의 이름을 알릴 수가 있습니다."

"윈윈이군요."

"그쪽에서는 최대한 생색을 내려고 할 겁니다. 자, 여기까지가 기본적인 내용이고 실제로 부딪쳐 봐야 구체적인 게 나오겠죠. 차장님, 약속 시간이?"

"네 시에 종로에 있는 성국약품 본사에서 만나기로 했습니다."

송 차장은 대답하며 다시 한 번 놀랐다.

유빈은 작년의 뛰어난 마케터와는 또 다른 모습을 보여 줬다. 짧은 프리젠테이션만으로 각 부서에서 모인 협상단을 단숨에 한 팀으로 만들고 있었다.

"좋습니다. 그럼 바로 이동하죠."

성국약품에 도착한 유빈 일행은 바로 대회의실로 안내를 받았다.

"쉽지는 않을 걸세. 기존의 공동 판촉과는 완전히 다른 형식이니까."

유빈으로부터 나비로이 공동 판촉 방식에 대해 들은 박용신 전무가 전의를 다졌다.

일반적인 방식으로는 마케팅을 한 회사가 맡으면 다른 회사는 영업을 맡았다. 또 다른 방식은 의원과 대학병원을 분리해서 각 회사가 장점이 있는 영역의 영업과 마케팅을 담당하는 것이었다.

그에 반해 유빈의 방식은 제네스 MR과 성국약품의 MR이 한 조가 되어 비뇨기과를 동시에 공략하는 방법이었다. 효율성은 떨어지지만 두 사람이 한 병원을 공략하는 셈이라 집중적인 관리를 할 수 있는 장점도 있었다.

"잘될 겁니다."

유빈의 대답과 간발의 차이로 대회의실의 문이 열리며 양복 군단이 우르르 들어왔다.

홈그라운드라서 그런지는 몰라도 다섯 명인 제네스 협상단에 비해 성국약품은 조금이라도 관련이 있는 부서의 담당자는 모두 부른 모양이었다.

그중 키는 작지만 단단한 체격을 가진 중년 남성이 반가워하며 다가왔다.

"아이고, 박 전무님! 회사에서 보니 더 반갑군요."

"김 상무님, 신수가 훤하십니다. 오늘 잘 부탁합니다."

"부탁은 내가 해야지요. 허허."

저 사람이 박용신 전무의 대학 동기인 김창흠 상무인 모양이었다.

두 사람은 친한 사이지만 사석이 아닌지라 예의를 잃지 않고 인사를 나눴다. 인사말이 오가며 대화의 꽃이 피자 어색했던 대회의실의 분위기가 조금은 풀어졌다.

인사가 마무리되자 두 회사의 협상단이 기다란 원형 테이블을 사이에 두고 마주 앉았다.

성국약품 측에서 먼저 발언을 시작했다.

"안녕하십니까. 성국약품 기획부의 전현석 과장입니다. 이번에 제네스 코리아에서 귀한 제안을 해주셔서 우리 두 회사가 이렇게 만날 수 있는 자리가 마련되었습니다. 먼저 감사 인사를 드리겠습니다."

송 차장과 비슷한 또래로 보이는 직원이 부드러운 말솜씨로 청중의 시선을 받았다.

"제네스 코리아에서 보내 주신 자토스와 나비로이의 공동 판촉 협약은 잘 검토했습니다. 제안해 주신 제네스 코리아에서 다시 한 번 이번 만남의 취지를 설명해 주시면 바로 다음 단계로 넘어가도록 하겠습니다."

전현석 과장이 자리에 앉자 성국약품 진영의 시선이 제네스 쪽으로 향했다.

살짝 풀어졌던 두 진영 사이의 공기가 점점 팽팽해졌다. 조금이라도 자신의 회사에 이익이 될 수 있는 협상을 하기 위해 맞은편에 앉아 있는 상대방을 스캔하는 소리가 들릴 정도였다.

그런 가운데 유빈이 천천히 자리에서 일어났다.

"안녕하세요. 공동 판촉 프로젝트의 책임자이자 제네스 아시아 본부 BD팀 매니저를 맡은 김유빈입니다."

유빈의 담담한 인사말에 성국약품 진영이 술렁거렸다.

특히, 김창흠 상무는 유심히 상대방을 살폈다.

책임자?

아시아 본부 매니저?

직급으로 보나 경험으로 보나 친구인 박용신 전무가 당연히 협상단의 책임자일 거로 생각했던 김 상무였다.

제네스의 협상단 멤버를 살펴봐도 박용신 전무를 제외하면 40대인 송 차장이 실무진으로 보였고 나머지는 핏덩이들이었다.

그런데 그 핏덩이 중 한 명이 자신을 책임자라고 소개하고 있었다.

묻지 않고는 넘어갈 수 없었다.

"시작 전에 죄송합니다. 조금 전에 아시아 본부 매니저라고 하셨는데 저는 이번 공동 판촉이 제네스 코리아와 우리 성국약품 간의 협상이라고 들었습니다. 제가 잘못 알고 있는 건가요?"

"안 그래도 조금 있다 말씀드리려고 했습니다. 상무님이 아시는 것처럼 두 회사 간의 협상이 맞습니다. 제가 이 자리에 온 것은 제네스 코리아의 협상 책임자로 참석한 것입니다."

"그렇군요. 아직 젊으신데 대단하군요."

유빈의 확인사살에 김 상무가 고개를 끄덕였다.

"다만, 나비로이의 공동 판촉 프로젝트는 한국뿐만 아니라 아시아 각국에서 진행될 예정입니다. 제네스와 각 국 로컬 제약사와의 콜라보레이션인 셈이죠."

"오오!"

한국뿐만 아니라 아시아 전체에서 진행된다는 말에 다시 한 번 회의실이 술렁거렸다.

유빈의 말이 사실이라면 전 세계 제약업계에서 이슈가 될 만한 프로모션이었다.

김창흠 상무가 이야기를 들으며 박용신 전무를 슬쩍 쳐다봤다. 시선을 받은 그가 어깨를 으쓱했다.

마치 '우리 단장이 저 정도야'라는 느낌이었다.

"이제 시작해도 될까요?"

유빈이 빔프로젝터가 연결된 노트북에 USB를 꽂았다.

"제가 굳이 자기소개하면서 아시아 본부 매니저임을 밝힌 이유가 있습니다. 저는 이번 나비로이 공동 판촉 프로젝트의 아시아 총괄 책임자입니다. 그럼에도 직접 한국을 담당한 이유는 그만큼 성국약품을 중요한 파트너로 생각하기 때문입니다."

성국약품 측에서도 젊은 축에 속하는 직원들은 여러 가지 감정이 담긴 시선으로 유빈을 바라봤다.

비슷한 나이에도 불구하고 견줄 수 없는 위치는 물론이고 자신감 넘치는, 능숙한 프리젠테이션을 보이는 유빈을 향해 선망과 질투를 동시에 보낼 수밖에 없었다.

"제가 나비로이의 파트너로 성국약품을 선택한 이유가 있습니다. 국내 시장에서 비뇨기과 쪽으로는 뛰어난 영업력을 가지고 있음은 물론이고, 자토스라는 훌륭한 신약을 보유하고 있기 때문입니다."

유빈의 거듭되는 칭찬에 성국약품 진영의 분위기는 고조되어 있었다. '오라'라는 양념이 섞여서 더 큰 효과를 내고 있었지만, 그들로서는 알 수 없는 일이었다.

성국약품의 자토스 담당 PM인 선영철 차장이 손을 들었다.

"어떤 면에서 훌륭한 신약이라고 생각하는지 여쭤봐도 될까요?"

"네, 아시다시피 전립선비대증 치료제는 네 가지 카테고리로 나눌 수 있습니다. 그중 자토스는 알파교감신경을 차단해 배뇨를 돕는 알파차단제에 속하죠. 자토스의 장점은 다른 알파차단제와는 달리 저혈압이나 어지럼증 등의 부작용이 적다는 사실입니다."

성국약품 직원들이 고개를 끄덕였다.

특히 질문을 던진 선영철 차장은 흥미로운 표정을 풀지 못했다.

그래도 여기까지는 인터넷만 검색해도 알 수 있는 내용이었다. 궁금한 건 이제부터 무슨 이야기를 하느냐는 것이었다.

"자토스의 성분인 알푸조신은 다른 알파차단제가 혈관이나 심장 등의 수용체에 작용하는 것과는 달리 전립선에만 선택적으로 작용하죠. 그래서 전립선비대증 환자 중 비교적 젊은 연령대인 40대, 50대 남성에 알맞습니다."

막힘없는 유빈의 설명에 다들 감탄하는 분위기였다. 아무리 준비해 왔다고 해도 저렇게 다른 회사의 약품을 설명하기는 쉽지 않은 일이었다.

게다가 유빈은 의도적으로 성국약품을 추켜세워 주고 있었다.

제네스는 전 세계 제약회사 중에서 매출과 순이익이 부동의 1위이었다. 사실 국내 제약회사인 성국약품으로서는 바라볼 수도 없는 위치였다. 제네스가 거느린 자회사만 하더라도 성국약품보다 규모가 10배 이상 컸다.

성국약품의 직원들은 겉으로 열등감을 표출하지 않았지만, 마음속 어딘가에서 두 회사의 갭을 생각하지 않을 수 없었다.

유빈은 칭찬으로 그 갭을 메우려 하는 것이었다.

"이 점이 바로 나비로이와 환상의 콤비를 이룰 수 있는 점입니다. 나비로이는 특히 40대, 50대 남성의 야간 절박뇨에 효과가 크다는 것이 입증되었습니다. 두 제품의 주요 타겟이 같은데다가 환자가 큰 불편을 겪는 배뇨 장애에 다른 기전으로 작용하기 때문에 치료 효과가 클 것으로 예상할 수 있습니다."

유빈이 성국약품을 선택한 이유를 확실하게 설명했다.

"취지는 잘 알겠습니다. 다만, 영업 인력 운용 부분은 잘 이해가 안 되는군요."

유빈이 질문한 남자를 쳐다봤다.

오라를 확인한 유빈은 김창흠 마케팅 총괄 상무, 자토스 PM인 선영철 차장, 그리고 지금 질문을 던진 사람이 협상의 키라고 예상했다.

"질문하신 분은 권진수 영업 본부장입니다. 제가 본부장님의 질문에 의견을 덧붙이자면 제안하신 대로 인력을 운영하면 공동판촉의 효과를 극대화하기 힘들어 보입니다."

이 부분에 관해서는 이미 내부 의견 조율이 끝났는지 김창흠 상무가 단호한 표정으로 제네스 협상단을 압박했다.

"우리 회사 입장에서는 홍보 외에 크게 효과를 기대할 수 없을 것 같습니다. 그에 반해 제네스는 비뇨기과에서 성국약품의 영업력을 등에 업고 나비로이를 성공적으로 런칭할 수 있다는 명확한 효과를 기대할 수 있습니다. 그런 의미에서 제안하신 의견이 조금은 불공평하다고 생각합니다."

"그럼 어떤 방법을 생각하고 계신가요?"

유빈이 부드럽게 의견을 물었다.

"음, 판촉과 홍보는 두 회사가 같이 진행하면서 산부인과에서는 제네스가, 비뇨기과에서는 성국약품이 전 제품을 담당하는 편이 적당한 것 같습니다. 비뇨기과에서 나비로이의 매출에 대한 수익 배분율만 협상해서 정하면 문제는 없습니다."

"성국약품의 공식적인 의견인가요?"

"그렇습니다."

잠시 침묵을 지킨 유빈이 입을 열었다. 부드럽기만 했던 그의 기세가 단단해졌다.

"그 방식은 힘들 것 같습니다. 제네스에서도 비뇨기과에서의 영업을 포기할 수는 없습니다."

"그렇다면 협상 자체가 없던 일이 될 수밖에요."

김창흠 상무가 강하게 나왔다.

"그렇습니까? 자토스와 나비로이는 환상의 조합이라고 생각했는데 아쉽군요. 죄송하지만, 영업 인력 운용에 관한 부분은 양보할 수가 없습니다."

"그럼……."

"나비로이의 장점은 간에서 대사가 안 되기 때문에 어떤 비뇨기과 약품과도 시너지 효과를 낼 수 있다는 점이죠. 성국약품이 여러모로 적합한 파트너라고 생각은 하지만 대체 불가능한 것은 아닙니다."

"크흠……."

"의견을 정리해서 말씀해 주시기 바랍니다. 다른 회사와도 미팅 약속을 해야 하니까요"

유빈이 한 걸음이라도 물러날 거로 생각했던 김창흠 상무가 난처한 표정으로 박용신 전무를 쳐다봤지만 그는 고개를 저을 뿐이었다.

박 전무는 유빈의 심기가 얼마나 깊은지 알고 있었다.

10년을 와신상담한 최상렬 부사장도 유빈의 벽을 넘지 못했다.

친구라서 안타깝지만 김창흠 상무는 상대를 잘못 만난 것이었다.

유빈은 김 상무의 마구 흔들리는 오라를 확인했다. 김 상무뿐만 아니라 성국약품 협상단 전체는 당혹스러움을 감추지 못하고 있었다.

정말로 협상할 생각이 없다면 유빈의 답변에 저 정도로 흔들릴 이유는 없었다.

상대방에게 마음이 있는 걸 안 이상 여기서 더 강하게 미는 것은 좋은 방법이 아니었다.

제네스 협상단마저 유빈이 너무 강하게 나가는 건 아닌지 걱정하는 표정이었다.

"한 가지만 여쭤보겠습니다."

유빈의 말에 모든 시선이 그에게 쏠렸다.

"조금 전에 홍보 외에는 큰 기대를 할 수 없다고 하셨는데 정말 그렇게 생각하시나요?"

"크흠, 매출 면에서는 그렇습니다. 나비로이와 달리 자토스는 이미 시장에 자리를 잡았습니다. 제네스 MR이 한 번 더 가서 디테일을 한다고 매출이 크게 증가할 것 같지는 않습니다."

자기들끼리 의견을 나누던 김창흠 상무는 심기가 불편해 보였지만 유빈의 질문에 정중히 답했다.

"제네스의 후광 효과는 생각보다 클 겁니다. 의사들은 제네스라는 브랜드를 신뢰하고 있습니다. 공동으로 판촉하는 것 자체만으로 홍보 효과와 함께 매출도 증가할 것입니다."

"글쎄요…… 그 정도로는……."

"제가 백번 양보해서 매출 증가가 발생하지 않는다고 해도 성국약품이 손해 보는 일은 없을 겁니다."

"어째서죠?"

"올 해 초에 자토스를 EMA 허가 신청 낸 걸로 알고 있습니다."

"맞습니다."

"제가 보기에 성국약품은 국내 시장보다 해외 시장에서 활로를 찾으려는 것 같은데, 아닌가요?"

"……모든 시장에서 매출이 발생하면 좋죠."

"정부의 약가인하 정책 때문에 작년 순이익이 대폭 감소했더군요."

"……."

김창흠 상무의 말이 없어졌지만 유빈은 계속 할 말을 했다.

"자토스 자체는 임상 데이터도 좋고 부작용도 적기 때문에 이변이 없는 한 EMA에서 승인을 받을 겁니다. 하지만 글로벌에 성국약품의 인지도는 거의 없다고 해도 과언은 아닙니다. 의사들이 들어보지 못한 아시아 국가의 약을 마음 놓고 처방하기가 쉽지는 않겠죠."

"무슨 말씀이 하시고 싶은 겁니까?"

"제네스와의 공동 판촉이 도움이 될 수 있다는 말입니다."

굳어 있던 김창흠 상무의 표정이 유빈의 한마디에 사르륵 녹아 내렸다. 제약업계의 베테랑인 그는 유빈이 말하는 뜻을 바로 알 수 있었다.

"문제는 인지도입니다. 그리고 평판이죠. 공동 판촉이 성공적으로 끝났다면 판권 계약 시에도 유리하게 작용할 겁니다. 제 생각에는 국내에서 매출이 느는 것보다는 더 큰 이점으로 보입니다."

성국약품 협상단이 일제히 조용해졌다. 머릿속으로 주판을 튕기는 게 보였다.

유빈이 결정타를 날렸다.

"만약에, 이건 정말 만약입니다만…… 성국약품이 제네스 유럽과 판권 계약을 한다고 생각해 보십시오. 자토스가 유럽에 출시할 즈음이면 나비로이는 출시 1년 후, 시장에서 어느 정도 자리를 잡았을 겁니다. 지금 상황과 반대가 되겠네요. 나비로이의 도움을 받으면 자토스의 유럽 시장 침투는 굉장히 빠를 겁니다."

"으음……."

"이미 한국에서 쌓아 놓은 처방 데이터도 있으니까요."

"잠깐 휴식 시간을 가져도 되겠습니까? 결정하기 전에 잠시 시간이 필요할 것 같습니다."

"좋습니다."

분주해진 성국약품 측을 내버려 두고 유빈이 제네스 동료들에게 찡긋 윙크를 날렸다.

'맞아, 이런 사람이었지…….'

안소영은 무슨 괴물이라도 보듯이 유빈을 쳐다봤다.

신입사원 교육 때 난공불락의 요새를 마주했던 느낌이 되살아났다.

다행스럽게도 신입사원 교육 때는 그 요새를 어떻게든 무너뜨리려고 애썼지만, 지금은 그 안에서 적의 공격을 여유 있게 지켜본다는 점이었다. 적이었을 때는 가장 무서운 사람이었지만 아군의 입장이 되자 완전히 반대가 되었다.

상대방을 논리와 기세로 제압하는 유빈의 모습이 그렇게 든든할 수 없었다.

이런 대규모 협상에 참석하는 건 그녀로서도 처음이라 성국약품의 시커먼 양복 군단이 회의실에 들어올 때부터 긴장으로 심장이 두근거렸다.

성국약품이 인력 운영 방식의 변화를 요구했을 때 그런 긴장감은 더욱 고조되었지만, 유빈은 한 치의 흔들림도 없이 그들의 제안을 거절했다.

그녀가 알기로 다른 제약회사와의 미팅 계획은 잡혀 있지도 않았다. 그 사실을 알고 있으면서도 다른 대안이 있다는 유빈의 말이 블러핑으로 들리지 않는 게 신기했다.

자신도 그렇게 생각하는데 상대방은 어떻게 생각할지는 뻔했다.

안소영이 유빈을 슬쩍 쳐다봤다.

그동안 도대체 어떤 경험을 했기에.

신입사원 교육 때보다 유빈과의 거리가 멀어졌음을 안소영은 여실히 느낄 수 있었다.

하지만 이제 기분이 나쁘지는 않았다.

경쟁심이 누구보다 강한 그녀에게는 익숙하지 않은 기분이었다.

그녀는 유빈이 쓰고 있는 전설과 함께한다는 사실이 뿌듯할 뿐이었다.

박용신 전무 역시 속으로 놀라고 있었다.

성국약품의 김창흠 상무는 대학 동기이면서 친한 친구로 그가 인정하는 협상의 달인이자 능력자였다.

그런 친구가 유빈의 말에 당황하고 초조해하는 모습을 보이는 것이 신기할 정도였다.

하긴, 자신이 들어도 유빈의 논리에는 빈틈이 없었다.

박 전무가 더 감탄한 것은 유빈의 변화였다.

여성건강사업부에서 PM으로 일할 때도 능력을 가늠할 수 없는 친구였지만, 그때는 부드러운 태도와 분위기를 주로 느낄 수 있었다.

그런데 지금은 강유(强柔)를 겸비한 완벽한 모습이었다.

유빈이 싱가포르로 발령 난 지 몇 년이 지난 것도 아니었다.

그 짧은 시간에 리더로서 성장한 모습을 보이는 유빈이 그저 대단하고 대견했다.

'내가 사람 보는 눈이 있지.'

그 와중에도 유빈을 뽑은 사람이 자신이라는 게 자랑스러운 박용신 전무였다.

"저, 매니저님…… 잠시만요."

회의실에서 나갔다가 한참 뒤에야 돌아온 김창흠 상무가 동료들과 이야기를 나누고 있는 유빈을 조심스럽게 불렀다.

유빈을 단지 핏덩이로 보던 회의 전과는 완전히 달라진 태도였다.

"무슨 일이신지……?"

"협상을 마무리하기 전에 회장님께서 제네스 책임자와 잠시 대화를 나누고 싶다고 하셔서요. 괜찮으시면 저와 같이 가시죠."

"회장님께서요? 알겠습니다."

박용신 전무를 비롯한 동료들에게 양해를 구하고 자리에

서 일어났다.

김창흠 상무의 안내를 받으며 엘리베이터에 오른 유빈이 성국약품 회장에 대한 정보를 머릿속에서 떠올렸다.

'최승면 회장이었지?'

성국약품은 종로의 약국에서 시작해 창업자인 고(故) 최성호 회장이 1967년에 세운 회사였다.

현 회장인 최승면은 최성호 회장의 아들로 15년째 회사를 이끌어 오고 있었다. 전대 최성호 회장은 아들이 어렸을 때부터 현장에 데리고 다니면서 영업을 가르쳤다고 했다.

최승면 회장은 외국회사에 R&D(연구개발)를 전적으로 의존해 오던 방식을 탈피하고 바이오 벤처 기업을 인수해 성국약품을 현재의 신약 개발 회사로 탈바꿈한 수완가였다.

성국약품 실무진과의 협상에서 유리한 고지를 점령했지만, 국내 회사인 만큼 오너를 설득하는 일은 중요했다.

유빈이 어색하게 엘리베이터 문만 쳐다보고 있는 김창흠 상무에게 말을 걸었다.

"상무님, 뭐 하나만 여쭤 봐도 될까요?"

"네? 아, 말씀하십시오."

"최승면 회장님께서는 영업을 중시하는 편이신가요?"

"음, 그렇습니다. 보통 제약회사는 다 영업을 중시하는 편이지만 성국약품은 더욱 그렇습니다. 제네스와 마찬가지로 모든 신입 직원은 영업부를 거쳐야 합니다. 약사 면허를 가지고 있어도, 몇 개월 안 하는 경우도 많지만, 예외는 없습니다."

제네스에 대해 아는 것을 보니 박용신 전무와 비슷한 이야기를 나눈 적이 있는 모양이었다.

"알겠습니다. 감사합니다."

어떤 식으로 그를 설득할까 고민하던 유빈이 김창흠 상무의 답변에 마음을 정했다.

"솔직히 말씀드리죠. 처음에 김 상무님한테 보고를 받았을 때는 조금 짜증이 났습니다."

50대 후반이라고 알고 있었지만 최승면 회장은 나이보다 훨씬 젊어 보였다. 오라 역시 차분하게 온몸을 감싸고 있었다.

"그런데 이야기를 들으면 들을수록 '이거다!' 하는 생각이 들더군요. 제가 그렇게 고민하던 해외 진출에 성공하는 데 필요한 마지막 퍼즐을 제네스에서 가지고 온 느낌이었습니다."

최 회장은 이야기하면서 유빈을 찬찬히 뜯어봤다.

김창흠 상무로부터 언질은 받았다.

그렇지만 유빈은 젊어도 너무 젊었다. 하지만 그와 대화를 나눠 보니 김창흠 상무의 말뜻을 알 것 같았다.

첫인사로부터 5분여의 짧은 대화였을 뿐인데 최 회장은 유빈이 왜 젊은 나이에 이런 협상단의 단장 역할로 이곳에 왔는지 알 수 있을 것만 같았다.

그의 나이가 중요한 게 아니라 그가 말하는 내용이 중요했다.

주장을 펴는 유빈의 태도는 굉장히 자연스러웠다.

한 회사의 회장을 앞에 두고도 자신을 낮추지 않았고 그렇다고 제네스라는 배경을 가지고 거들먹거리지도 않았다.

이 사람의 자신감과 자연스러움은 배경이 아닌, 자신을 믿는 데서 나오고 있다는 사실을 최 회장은 알 수 있었다.

"긍정적으로 봐 주시니 감사합니다."

"그런데 궁금한 것이 한 가지 있습니다. 영업팀의 인력 운용에 관한 부분입니다. 반드시 그 방식을 고수하는 이유가 있나요?"

유빈이 앞에 놓인 물을 한 모금 마셨다.

그리고 최 회장의 눈을 똑바로 바라봤다.

"음, 회사 내부 사정이지만 회장님은 이해하실 수 있을 것 같아서 짧게 말씀드리겠습니다."

유빈은 마크 램버트를 언급하지는 않았지만 회사 내에서 E디테일 시스템으로 영업팀을 축소하려는 움직임에 대해 간

략히 설명했다.

"저는 영업이야말로 제약회사의 꽃이라고 생각합니다. 누구는 마케팅이라고 하지만 둘 다 경험해 본 저로서는 고객인 의사와 MR이 만나는 지점에서 진정한 비즈니스가 이뤄진다고 봅니다. 성국약품과의 공동 판촉도 마찬가지입니다. 마케팅도 중요하지만 성국약품 MR과 제네스 MR의 공동 디테일링이 시너지를 창출할 거라고 저는 믿습니다."

이 정도로 깊은 이유가 있을 거라고는 예상하지 못했던 최 회장은 애꿎은 턱을 계속 매만지며 혼잣말처럼 중얼거렸다.

"E디테일이라니…… 그런 시스템을 도입한다는 게 신기하군요. 시너지라, 시너지. 어떤 시너지가 있을 수 있을까요?"

"예를 들자면, 이런 겁니다. 자토스는 작년에 출시해 말그대로 시장에 자리를 잡은 정도입니다. 지금 점유율이 알파차단제 중에서는 20% 정도, 전체 전립선비대증 치료제에서는 6%로 알고 있습니다."

감탄하며 듣고 있던 최 회장이 같이 배석하고 있던 김창흠 상무를 슬쩍 쳐다봤다.

'뭐 이런 녀석이 다 있어?'와 '숫자가 정확해?'라는 최 회장의 눈빛에 김 상무 역시 표정으로 답했다.

'제가 말씀드렸죠? 보통 녀석이 아닙니다'와 '숫자는 정확합니다'라는 표정이었다.

"현재 종합병원에 가장 많이 사용되는 알파차단제는 아스트라스의 로날디입니다. 다른 약과 비교해 임상적으로 더 뛰어난 성적은 없지만, 효과 대비 부작용이 적어 많은 의료진이 선택하고 있죠."

유빈은 둘의 표정에 개의치 않고 말을 이어 갔다.

"이번에 나비로이가 런칭하게 되면 대부분의 종합병원에 바로 코딩이 될 겁니다. 비뇨기과 KOL(Key Opinion Leader) 중에서 나비로이의 런칭을 손꼽아 기다리는 분이 많으시죠. 그 중에는 자토스가 코드에서 빠져 있는 병원도 많을 겁니다."

"후우, 무슨 말씀인지 알겠습니다!"

최 회장은 흥분한 표정을 숨기지 못했다.

KOL의 중요성은 더 말할 필요도 없었다. 종합병원에 코딩이 된다면 그 파급력은 그 병원이 위치한 '동'과 '구'의 클리닉에까지 미칠 수밖에 없었다.

나비로이와 자토스를 한 쌍으로 디테일하면 종합병원에서는 원래 없던 자토스의 코드도 만들 수밖에 없었다. 유빈이 시너지라고 말한 이유를 알 수 있었다.

해외 매출뿐만 아니라 당장 국내 매출도 큰 폭으로 증가할 수 있다는 의미였다.

흥분이 가시지 않은 채로 최 회장이 모든 의심을 내려놓았다.

"저 역시 김 매니저님의 의견에 전적으로 동의합니다. 저도 어렸을 때 아버지를 따라 서울 곳곳의 약국을 다녔죠. 아버지가 약국에 우리 회사의 약을 납품할 때마다 그렇게 좋아하시던 얼굴이 떠오릅니다. 우리 회사가 이만큼 성장한 것도 영업팀의 힘이 큽니다. 으음, 영업팀 운용은 제네스에서 제안한 대로 진행하겠습니다. 잘 부탁합니다."

"감사합니다. 회장님."

유빈이 최 회장의 단단한 손을 맞잡았다.

"공동 판촉 협상 발표는 언제가 좋을까요?"

"실무진들끼리 조율도 해야 하고 저도 아시아 본부에서 최종 승인을 받아야 합니다. 다음 주 월요일 이후가 좋을 것 같습니다."

유빈은 나비로이를 자신이 맡을 거라고 믿어 의심치 않았지만, 세상일은 모르는 것이었다.

혹시 미즈 콜슨이 나비로이를 맡아도 유빈은 공동 판촉 아이디어는 이어 갈 수 있도록 할 계획이었다.

그렇기 때문에 최종 발표는 그 이후에 하는 게 적절했다.

유빈이 자리에서 일어나 인사를 나누는데 최 회장이 은근한 눈빛으로 그를 바라봤다.

"그런데 김 매니저님의 방식이 제네스의 방침과는 반대되는 건 아닌가요?"

오너의 리더십으로 회사를 이끌어 가는 그로서는 상상할 수 없는 일이었다.

"본사에서 나비로이에 한해서는 각 리전에 전권을 줬습니다. 걱정 안 하셔도 됩니다."

"아니, 제 말은 혹시라도 제네스에서 무슨 일이 생기면, 물론 그런 일이 생겨서도 안 되고 생기지도 않겠지만, 그래도 성국약품의 문은 매니저님에게는 활짝 열려 있다는 뜻입니다."

"네? 아, 하하. 감사합니다."

"그냥 하는 말이 아닙니다. 성국약품에 오시면 해외시장 총괄 담당을 김 매니저님에게 맡기겠습니다."

옆에 있던 김창흠 상무가 애써 놀란 표정을 숨기려 했다. 해외시장 총괄 담당이라면 바로 임원 직급이었다.

최 회장이 유빈을 얼마나 마음에 들어 했는지 알 수 있는 제안이었다.

그러고 보면 회장님들과 인연이 있는 유빈이었다.

듀레인 회장은 물론이고 셀아키텍트의 서우석 회장, 그리고 최승면 회장까지.

회장 정도 되면 일을 믿고 맡길 수 있는 인재가 늘 아쉬울 수밖에 없었다. 오랜 경험을 갖춘 그들에게는 유빈 같은 인재가 탐이 안 난다면 거짓말이었다.

"말씀 정말 감사합니다."

정중하게 인사를 하고 기분 좋게 동료들이 기다리고 있는 대회의실로 향했다.

최승면 회장이 파격적인 제안을 했지만, 유빈은 만약 제네스를 나오게 되면 일하고 싶은 회사가 따로 있었다.

얼마 전에 셀아키텍트는 EMA에 에이티제이 애브비의 바이오시밀러인 머토마의 허가 신청을 했다.

전 세계 제약회사 중 항체의약품의 바이오시밀러 허가 신청은 셀아키텍트가 처음이었다.

허가를 신청한 날, 서우석 회장도 유빈에게 떨린다는 문자를 보냈다.

귀엽기는.

하긴 서 회장 정도 되는 사람도 떨릴 만했다. 회사의 명운이 EMA의 손에 달려 있었다.

세계 10대 제약 회사를 목표로 하는 서 회장의 비전이 떠오르자 유빈도 흥분되었다.

제네스에서 희귀질환 치료 연구를 재개하는 것과 동시에 셀아키텍트의 성장에도 도움이 되고 싶었다.

성국약품과의 협상을 잘 마무리한 유빈은 BD팀 송우진

차장에게 뒷일을 부탁했다.

서윤과도 짧지만 즐거운 시간을 보낸 유빈은 다음 날 바로 싱가포르로 향하는 비행기에 몸을 실었다.

나비로이의 책임자를 결정하는 프리젠테이션이 그를 기다리고 있었다.

쉽지 않은 경쟁이었다.

미스터 나라옌은 경쟁을 제안했지만, 유빈보다는 미즈 콜슨에게 무게를 두는 것 같았다. 그리고 투표권을 가진 다른 부서장도 이제 막 매니저가 된 유빈에게 투표할 가능성이 낮았다.

그럼에도 유빈은 자신이 있었다.

그리고 팀원인 타츠야와 리센위를 믿었다.

그들 중 한 명이라도 발표 전에 좋은 소식을 전해 줄 수 있다면 CoMarketing은 큰 힘을 받을 수 있었다.

싱가포르는 2월 초, 중순까지는 덜 덥고 날씨도 맑은 시기였다.

하지만 전문의약품 부서는 점심시간인데도 회사 밖으로 나가는 사람이 없었다. 샌드위치 배달원이 들락날락하는 모습이 보였다.

발표 날짜가 다가오면서 퇴근 시간이 되면 뒤도 돌아보지 않던 사람들이 야근을 당연하게 하고 있었다.

복도에서 우연히 마주친 전문의약품 사업부 마케팅 헤드인 미즈 콜슨은 일주일 전에 봤을 때와는 달리 검은 그림자가 눈 밑에 짙게 드리워 있었다.

파우더로는 커버할 수 없이 선명한 다크서클이었다.

'백인도 다크서클이 생기는구나.'

다크서클은 일에 치이고 세상에 치이고 늘 피곤에 절어 사는 한국인만의 특징인 줄 알았다.

눈이 마주친 그녀는 쌩쌩한 유빈의 모습에 흠칫했다.

바로 표정을 수습한 그녀가 목례를 하며 왜인지는 몰라도 약간은 안도한 표정으로 유빈을 지나쳤다.

나비로이 팀장을 결정하는 일은 나라옌 CEO가 회의에서 말한 것처럼 경쟁 발표였지만 2주 만에 마케팅 플랜을 짜는 일은 사막에 숲을 만드는 정도로 힘든 일이었다.

특히 마케팅 부서가 아닌 다른 부서에게는 무에서 유를 창조해야 하는 작업이었다.

처음에는 주목을 받을 수 있다는 기대감으로 경쟁 발표에 뛰어들었던 부서장들은 며칠 간격으로 하나둘씩 손을 들었다.

회사 내에서 나비로이 팀장 경합은 2파전으로 정리되는 분위기였다.

그 주인공은 미즈 콜슨이 이끌고 있는 전문의약품 사업부와 유빈이 매니저로 있는 신생 BD팀이었다.

하지만 본부 사람들은 결과가 이미 결정되었다고 여기고 있었다.

BD팀이 딱히 할 일이 없으니까 객기를 부린다고 악평을 하는 사람도 있었다.

그런 소문 때문인지 한국으로 출장 가기 전, 회사를 헤집고 다니던 유빈은 업무 시간의 대부분을 BD 사무실에 처박혀 나오지를 않았다.

"영 연락이 없네."

타츠야와 리센위는 고전 중인 모양이었다.

출장지에서 특별한 일이 없으면 따로 보고를 안 해도 된다고는 했지만 둘 다 거의 실종자 수준이었다.

출장 첫날 잘 도착했다는 문자 이후로 아무런 연락이 없었다.

유빈은 성국약품과의 협상과정을 정리해 두 사람의 메일로 보냈다. 시장 환경도, 상대 제약회사도 다르지만 도움은 되기를 바랐다.

메일을 보내고 나서 짧은 문자도 보냈다.

-메일 보냈으니까 확인해 보세요. 그리고 살아 있으면 짧게라도 문자 부탁합니다. 실종 신고하기 직전입니다.

꼼꼼한 타츠야가 먼저 답문을 보낼 거로 예상했지만 리센 위의 반응이 빨랐다.

답문을 확인한 유빈이 실소를 흘렸다.

간단하게 보내라고 했더니 달랑 '엄지 척' 이모티콘이 와 있었다.

지가 터미네이터야 뭐야.

어쨌든 함축적인 의미를 내포한 이모티콘이었다.

잘 살아 있고, 곧 돌아간다는 의미와 함께 공동 판촉은 진행이 거의 없다는 뜻이기도 했다.

뭐라도 있었다면 이모티콘만 보내지는 않았겠지.

리센위가 살아 있다는 사실에 만족하면서 타츠야의 답변을 기다렸지만, 한 시간이 지나도 연락이 없었다.

요즘 일본에서 야쿠자 파벌 전쟁이 한창이라던데 재수 없게 전쟁에 휩쓸린 건 아니겠지?

말도 안 되는 상상을 하고 있는데 잠잠하던 전화기가 짧게 몸을 떨었다.

-실종 신고라고요? 왜요? 저 괜찮습니다.

그래. 진지한 친구 같으니라고. 뭐 살아 있으면 됐지.

끝일 줄 알았던 문자가 연속으로 날아왔다.

-오늘 오전까지 매니저님이 주신 리스트에 있는 제약 회사의 분석을 모두 마쳤습니다.

여태까지 분석만 하고 있었다고? 그럼 출장을 왜 갔니…… 아니, 그리고 그 많은 회사를 다 분석했다고?

-그중 두 회사를 방문할 예정입니다. 두 회사에 대한 메일을 보냈습니다. 확인 부탁드립니다.

오, 좋았어. 역시 타츠야. 믿을 만했다.

1초 만에 믿을 만해진 타츠야가 보낸 메일을 바로 확인했다.

메일 안에는 후보로 남은 다나오카 제약과 일본 아스타 제약의 꼼꼼한 분석 자료가 들어 있었다.

매의 눈으로 데이터를 비교한 유빈이 문자를 보냈다.

-두 회사 모두 괜찮아 보입니다. 두 회사 모두와 미팅을 진행하면서 협상을 유리하게 이끌 수 있는 카드로 사용해 보세요. 최종 선택은 타츠야에게 맡기겠습니다.

부담이 되는지 더는 문자가 없었다.

타츠야에게는 지금부터가 진짜 어려운 작업이었다. 협상을 유리하게 이끌려면 밀당이 중요했다. 소심한 타츠야가 잘할 수 있을지 걱정이 되었다.

반대로 분석력이 약한 리센위는 제약회사를 선택하는 게

어려웠지, 일단 선택하면 그때부터는 속도를 낼 가능성이 컸다.

"둘을 섞어 놨으면 대박일 텐데."

중얼거리던 유빈이 눈을 빛냈다.

팀원들도 열심히 하는데 팀장인 자신도 뭐라도 해야 했다.

유빈은 경합에서 90%는 이길 거라고 확신했다.

NEVA와 CoMarketing은 그가 나라엔으로부터 BD팀 매니저 자리를 제안 받았을 때부터 준비한 프로젝트였다.

나비로이에 적용할 줄을 몰랐지만, 6개월간 초안을 고치고 또 고치면서 어느 정도 완성을 해 놓은 상태였다.

미즈 콜슨이 아무리 뛰어난 마케터라도 2주 준비해서는 따라잡을 수 없는 기획이었다.

이제 해야 할 일은 나머지 10%의 가능성을 줄이는 일이었다.

잠시 생각에 잠겼던 유빈이 각 부서장의 스케줄을 확인했다.

💼

미즈 콜슨은 확실히 뛰어난 마케터였다.

본사 출신이기는 하지만 비교적 젊은 나이임에도 제네스

의 주요 부서인 전문의약품 사업부와 항암사업부의 마케팅 헤드를 맡은 이유가 있었다.

그녀의 다크서클은 눈에 들어오지 않을 정도로 발표 내용이 탄탄했다.

아무리 팀원이 많고 기존의 마케팅 경험이 있다 하더라도 2주 동안 저 많은 내용을 어떻게 준비했을까 싶을 정도였다.

나비로이의 마케팅 전략 중 특히 유빈의 눈에 들어온 내용은 KOL을 통한 종합병원 비교임상이었다.

유빈이 팀장이 되면 차용하고 싶을 정도로 좋은 아이디어였다.

다른 약품과 무리 없이 함께 처방할 수 있는 나비로이의 장점을 살려 종합병원마다 다른 조합의 처방으로 임상 연구를 의뢰하는 방법이었다.

예를 들어 A병원에는 나비로이와 자토스의 복합 처방 임상 연구를 하고 B병원에서는 나비로이와 로날디의 처방 결과를 확인해 비교하는 방식이었다.

어떤 복합 처방이 OAB 치료에 대한 환자만족도가 높은지 비교해 확인할 수 있을 뿐만 아니라 그 연구 결과를 학술지에 발표해 처방 스탠더드를 만들 수도 있었다.

어쨌든 나비로이는 필수 요소이기 때문에 매출이 늘어나는 것은 물론이고 KOL에게도 자연스럽게 디테일을 할 있는 마케팅 전략이었다.

미즈 콜슨은 차분하면서 효율적으로 마케팅 전략을 발표했다.

전통적인 마케팅 툴의 범주를 벗어나지는 않았지만 빈틈 없이 채워진 그녀의 발표에 나라엔 CEO는 매우 만족스러운 표정을 내비쳤다.

그녀가 발표를 마치자 나라엔 CEO를 비롯해 참석한 각 부서의 장들이 커다란 박수를 보냈다.

박수 소리가 잦아들자 사람들의 시선이 유빈에게 향했다.

"미즈 콜슨 정말 수고했습니다. 자, 그럼 다음 발표는 BD 팀의 미스터 킴입니다."

유빈이 목례를 하고 자리에서 일어났다.

2주간의 고생이 그대로 보이는 미즈 콜슨과 달리 유빈은 어디서 낮잠이라도 자고 온 사람처럼 얼굴에서 빛이 났다.

참석자들과 일일이 시선을 맞춘 유빈이 PPT의 첫 화면을 띄웠다.

GENES Asia Region 'Nabiroi' Marketing Strategy

(제네스 아시아 리전 '나비로이' 마케팅 전략)

마크 램버트의 E디테일에 대항할 비책을 드디어 공식적으로 발표하는 순간이었다.

슬라이드가 넘어가고 유빈의 발표가 시작되었다.

유려한 영어 실력과 함께 새로운 평가 방법은 NEVA가 먼저 선을 보였다.

처음부터 생소한 약어가 나오자 관심을 보이던 나라옌 CEO는 유빈의 발표가 이어질수록 느긋하게 앉아 있던 자세를 바꿔 허리를 바로 세우고 화면을 향해 몸을 기울였다.

NEVA는 영업팀의 모랄 해저드 또는 어쩔 수 없는 리베이트를 우려하는 마크 램버트의 논리에 대응하고 있었다.

리베이트는 구조적일 문제일 뿐, 영업팀 개인과는 상관없다는 유빈의 신념이 그대로 NEVA에 녹아들어 있었다.

만약 NEVA가 성공적으로 안착한다면 제약업계에 빅뱅과도 같은 큰 파장이 몰려올지도 몰랐다.

NEVA의 발표는 그 자체만으로 미디어의 엄청난 관심을 끌 게 분명했다. 그리고 그 관심은 나비로이로 이어질 수밖에 없었다.

뉴욕 본사에서 E디테일의 발표를 들었을 때와 같은 충격이 나라옌의 심장을 찔렀다.

파격.

E디테일에 대항하는 유빈의 파격이었다.

더 놀라운 건 인사 평가 방법의 디테일이었다.

도저히 2주 만에 준비한 거라고는 볼 수 없는 퀼리티였다.

미즈 콜슨의 반응도 나라옌 CEO와 다를 바 없었다.

발표를 마치고 조금은 긴장이 풀어진 채로 유빈의 발표를 듣던 그녀는 팬더 같은 눈으로 나라옌 CEO와 높은 싱크로율을 보였다.

유빈이 NEVA를 발표하는 동안 HR의 칼 세일 매니저는 흐뭇한 표정으로 그 모습을 지켜봤다. 하지만 놀라는 표정은 아니었다. 다른 부서장들 역시 파격적인 내용에 비해 그다지 반응이 없었다.

NEVA에 이어 CoMarketing으로 챕터가 넘어갔다.

여전히 반응을 보이는 사람은 나라옌 CEO와 미즈 콜슨뿐이었다.

CoMarketing 이미 많은 분야에서 사용되고 있는 마케팅 기법이었지만 유빈의 제안 방식은 명확한 목표가 있었다.

첫 번째는 최대한 빠르게 비뇨기과 시장에 나비로이를 자리 잡게 하는 것이었다. 비뇨기과에 강점이 있는 로컬 제약회사와 판촉을 합작함으로써 올해 빠른 매출 성장을 기대할 수 있었다.

두 번째는 영업팀의 존재 가치를 드러내는 기획이라는 것이었다. 다른 두 회사의 영업팀이 같이 디테일을 하면서 시너지를 내는 모습을 CoMarketing은 보여 주려 하고 있었다.

CoMarketing에 대한 설명이 끝나면서 발표도 마무리를 향해 달려갔다.

"현재 제네스 코리아는 로컬 제약회사인 성국약품과 협상을 끝낸 상태입니다. 발표만 남겨 놓고 있습니다."

질의시간이 아니었는데도 나라옌 CEO가 자기도 모르게 끼어들었다.

"이번에 한국에 출장 갔던 이유가……."

"그리고 중국에서도 협상 마무리 단계라는 소식을 오늘 아침에 미스터 리가 전해 왔습니다. 중국의 최대 제약회사인 국선그룹이 협상 대상입니다. 일본 역시 협상 중이라 곧 좋은 소식이 들려올 겁니다."

나라옌은 더 말을 잇지 못했다.

다른 청중도 마찬가지였다.

유빈이 그 짧은 시간에 마케팅 전략 수립을 넘어서 실제 결과를 냈다는 사실에 놀라움을 금치 못했다.

발표를 마무리한 유빈이 자리에 앉았지만 묘한 회의실 분위기 탓에 박수마저도 없었다.

조금 전까지만 해도 별 고민이 없었던 나라옌 CEO의 표정이 심란했다.

'미즈 콜슨의 발표는 좋았어. 문제 될 것도 없고 전통적인 방식이라 준비 단계에서 시행착오도 거의 없을 거야. 그에

반해 미스터 킴의 전략은…….'

나라옌은 두근거리는 가슴을 쉽게 진정시키지 못했다.

그 원인은 미즈 콜슨의 발표 때문이 아님은 확실했다.

그를 CEO의 자리에 오를 수 있게 만든 직감은 유빈의 전략을 선택해야 한다고 말하고 있었다.

하지만 이번 경쟁은 투표로 결정되었다.

자신은 유빈을 선택하겠지만, 너무 파격적인 내용이라 다른 부서의 장들은 익숙한 미즈 콜슨에게 표를 던질 가능성이 컸다.

그의 걱정과는 별개로 부서장들이 투표를 마쳤다.

미세스 루이자가 통 속에 들어있는 표를 하나씩 꺼내며 이름을 호명했다.

이름이 불릴 때마다 나라옌 CEO의 표정이 묘하게 변했다.

"미스터 킴."

"미스터 킴."

…….

"마지막 표입니다. 미스터 킴! BD팀의 미스터 킴이 몰표로 나비로이 팀장으로 뽑혔습니다!"

결과가 발표 나자 미즈 콜슨이 일어나 유빈에게 다가왔다.

"축하해요. 정말 멋진 발표였어요. 패배를 인정해요."

두 사람이 손을 맞잡았다.

"감사합니다. 미즈 콜슨의 발표도 정말 좋았습니다. 특히, 비교 임상 연구 전략은 코마케팅과 함께 적용하면 좋을 것 같습니다."

"고마워요. 이제 누구도 미스터 킴에 관해서는 의심을 품지 않을 거예요. 미스터 나라옌이 미스터 킴을 BD 매니저로 발령 냈을 때 의심을 한 사람이 많았어요. 솔직히 저도 그랬고요. 하지만 미스터 킴은 실력으로 자신의 위치를 증명해 낸 거예요. 그러니까 이제 누가 뭐라고 해도 걱정 마세요. 여기 있는 부서장들이 미스터 킴을 지지해 줄 거니까요."

그녀의 말에 유빈이 축하의 미소를 보내는 부서장들의 얼굴을 한 명씩 쳐다봤다.

"만장일치가 나올 줄은 몰랐군요. 이거 정말…… 도대체 무슨 마법을 부린 겁니까?"

아직도 이해가 안 된다는 표정으로 나라옌이 다가왔다.

"사실은……."

유빈은 나라옌 CEO에게 자초지종을 털어놓았다.

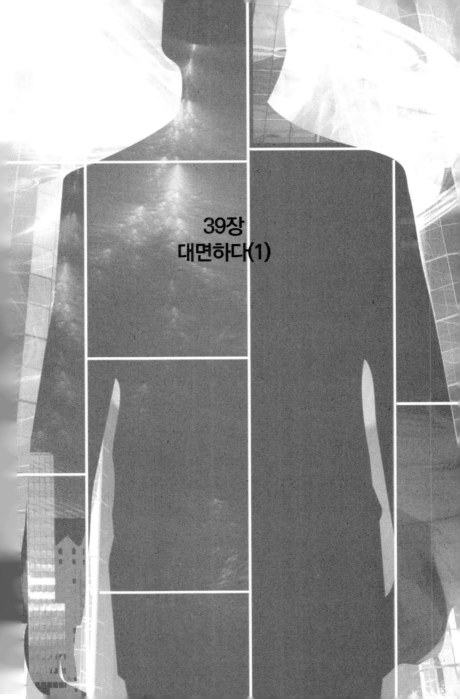

39장
대면하다(1)

발표를 며칠 남겨 두고 유빈은 각 부서 매니저들의 스케줄을 확인했다.

90%의 가능성을 100%로 만들려면 어떻게 해야 할까 고민하다가 떠오른 생각이었다.

그들에게 발표 내용에 대한 지분을 주면 어떨까?

발표 내용에 조금이라도 영향을 끼친다면 아무런 상관이 없는 것보다 애정이 생길 수밖에 없었다.

각 부서 매니저들의 성향을 어느 정도 파악하고 있는 유빈이 가장 먼저 찾아간 사람은 HR(인사부)의 칼 세일이었다.

칼 세일은 리센위 스토킹 사건(?)으로 루이자 우드를 제외하고는 친분이 있는 편이고 인사 담당자이기 때문에 NEVA

에 관한 의견을 들을 수 있는 적임자였다.

"나도 한 부서를 이끄는 자리에 있지만, 미스터 리가 참 대단하다는 생각을 했습니다. 그런 문제아를 BD팀에 데려가는 게 쉬운 결정은 아니었을 테니까요."

칼 세일은 리센위가 프로그램으로 인사부에서 일할 때, 잔소리꾼의 역할을 자청했다. 그냥 내버려 뒀던 다른 부서장들과 달리 그는 리센위를 도와주고자 하는 마음이 있었다.

하지만 끝없는 잔소리에 리센위는 오히려 칼 세일을 멀리했다. 오해가 쌓이고 두 사람 사이는 그렇게 점점 멀어졌다.

"미스터 리는 데스크잡에 알러지가 있는 사람입니다. 영업이 천성인 직원을 내근직에 묶어 놨으니 문제아로 보일 수밖에요."

"그래서 하는 말입니다. 부서의 장은 어떻게 보면, 음, 부모와 같은 역할을 해야 하죠. 부모가 자식의 장점을 알아채고 장점을 북돋워 줘야 하는 것처럼 상사도 부하 직원의 장단점을 잘 파악해야 합니다."

칼 세일은 인사부 책임자답게 상사의 역할에 대한 자신의 철학을 펼쳤다.

"그런데 이게 말이 쉽지, 어디 자식이 부모 마음대로 된답니까? 그래도 내 자식은 내 유전자라도 물려받았으니까 제 멋대로 행동해도 계속 노력을 하게 되지만 부하 직원은 순전

히 남 아닙니까. 애정이 없는 상태에서 문제를 끊임없이 일
으키는 부하 직원을 상사가 제대로 봐주기는 불가능합니다."

"맞는 말씀입니다. 그래서 제가 객관적으로 그의 장점
을 볼 수 있었던 것 같습니다. 제 골치를 썩인 적은 없으
니까요."

"하하, 그럴지도 모르겠네요."

리센위의 이야기가 끝나고 나서도 칼 세일의 수다가 한참
이어졌다.

그의 말대로 상사가 부모라면 칼 세일은 잔소리하는 어머
니 쪽인 게 분명했다. 알맹이 없는 이야기가 계속 이어졌지
만, 유빈은 적절히 반응하며 그의 이야기를 경청했다.

"미스터 킴과 이렇게 이야기가 잘 통할 줄은 몰랐습니다.
하하."

"대화 상대가 필요하면 언제든지 말씀해 주십시오."

말 못해 죽은 귀신의 한이 조금이라도 풀렸는지 그제야 칼
세일이 만족스러운 표정으로 유빈이 찾아온 용건을 물었다.

"그런데 오늘은 무슨 일로 면담을 요청한 겁니까? 발표 준
비로 한창 바쁘지 않나요?"

"맞습니다. 발표 때문에 미스터 세일에게 면담을 요청했
습니다. 제 발표에는 인사평가에 관한 부분이 포함되어 있는
데 제가 그쪽으로는 전문가가 아니다 보니 미흡한 부분이 많

습니다. 경력이 풍부한 미스터 세일에게 조언이라도 구하고 싶어서 이렇게 왔습니다."

"하하, 그렇습니까? 자랑은 아니지만 제가 HR에서만 20년을 근무했습니다. 인사평가는 눈 감고도 할 수 있죠. 마케팅 플랜에 인사평가 방법이 들어간다는 말이죠? 어디 한번 봅시다."

비슷한 위치에 있는 사람이 상대방의 능력을 인정해 주면서 도움을 청하면 거절할 사람은 거의 없었다.

칼 세일처럼 자신을 드러내는 것을 좋아하는 사람은 더 말할 필요도 없었다.

도움을 청하는 게 쉬울 것 같지만, 그놈의 자존심 때문에 도와달라는 말을 잘할 수 있는 사람은 드물었다.

영업으로 단련된 유빈에게는 아니었지만.

"한번 보시죠. 제가 슬라이드를 넘기면서 설명하겠습니다."

유빈이 노트북 화면에 준비한 프리젠테이션 자료를 열었다.

"NEVA?"

"New Evaluation의 약어입니다."

처음에는 여유 있게 유빈의 설명을 듣던 칼 세일은 내용이 진행될수록 입에 접착제를 붙인 사람처럼 작은 침음성만 흘렸다.

"어떤가요?"

NEVA의 마지막 페이지가 끝나자 유빈이 칼 세일을 쳐다
봤다.

"으음…… 한 슬라이드씩 자세히 좀 봐도 될까요?"

"물론입니다. 고칠 부분이나 추가할 내용이 있으면 언제
든지 말씀해 주십시오."

유빈이 그의 앞으로 노트북을 밀었다.

"으음…….."

그놈의 으음. 한 백 번은 '으음'이 칼 세일의 입에서 흘러
나왔다.

"으음, 제 생각에는 평가 방법에서 개인과 사업부서의 평
가 비율을 조금 조절하는 게 맞을 것 같습니다."

"아, 이 부분 말씀이시죠?"

"네. 사업부서의 평가는 개인과는 달리 매출을 기초로 하
니까요. 이 평가 방법을 처음 도입하는 거라서 아무래도 초
반에는 비율을 조정하는 게 시스템이 안착하는 데 도움이 될
겁니다. 전체 부서의 평가가 개인 평가에도 반영되기 때문에
팀워크에도 긍정적일 거고요."

"역시! 날카로우시군요. 제가 미처 생각하지 못한 부분입
니다. 말씀하신 방향으로 조절하겠습니다."

유빈이 고개를 끄덕였다.

칼 세일의 마음을 얻는 동시에 발표 자료도 업그레이드할 수 있는 일거양득의 방법이었다.

"으음, 그런데 정말 2주 만에 준비한 내용이 맞습니까? 보면 볼수록 놀랍군요!"

"NEVA를 나비로이에 적용한 것은 최근이지만 시스템 자체는 6개월 정도 걸려서 완성했습니다."

유빈을 바라보는 칼 세일의 눈빛이 달라졌다.

이 정도 시스템을 구축하려면 20년 경력의 프로인 그에게도 6개월 역시 짧은 기간이었다.

아니, 애초에 발상의 전환이 없으면 시작도 할 수 없었다.

"저도 평소에 비슷한 방식을 생각해 본 적은 있지만, 이렇게 구체화할 생각은 못 했습니다. 정말 대단하군요."

"별말씀을요."

"아닙니다. 진심이에요. 미즈 콜슨이 어떤 전략을 가지고 나올지는 모르겠지만, 이보다 임팩트 있을 수는 없어요. 제가 장담합니다."

"하하, 감사합니다."

"NEVA가 발표의 끝이 아닌 것 같은데 나머지 내용도 봐도 될까요? 궁금해 미치겠군요."

"그럼요, 물론이죠. 안 그래도 부탁하려 했습니다. 보시고 조언해 주세요."

유빈은 칼 세일은 조언을 고려해 NEVA 시스템을 조율하고 내용을 추가했다.

칼 세일의 입장에서는 자신의 의견이 조금이라도 들어간 유빈의 발표에 애정이 더 갈 수밖에 없는 상황이었다.

유빈은 칼 세일을 시작으로 메디칼의 메리 라이즈와 여성 건강사업부의 라이자 우드 등 미즈 콜슨과 나라옌 CEO를 제외하고 투표권이 있는 부서장들을 한 명씩 만났다.

그들이 유빈이 발표할 때 내용을 보고 놀라지 않은 이유였다. 발표가 시작하기도 전에 이미 그들은 유빈의 편이 되어 있었다.

–블록버스터 약품인 고지혈증 치료제 에메리스로 유명한 세계 제1위의 제약사 제네스의 마크 램버트 CEO는 뉴욕 본사에서 과민성 방광염 약품인 '나비로이'의 글로벌 런칭을 선언했습니다.

'나비로이'는 기존 약물의 부작용을 획기적으로 감소시킨 약품으로 일관되고 예측 가능한 약물동력학을 제공한다고 회사 측에서는 설명했습니다.

기존 OAB(과민성방광) 치료제인 항무스카린 제제는 간에서 대사되기 때문에 환자들의 간 대사능력에 따라 효과가 달라졌습니다.

이에 반해 '나비로이'는 몸 전체의 에스터라아제에 반응해 환자와 인종과 관계없이 좋은 효과를 보여 해당 환자들에게 양질의 치료를 제공할 수 있을 것으로 기대되고 있습니다.

제네스의 새로운 약품이 에메리스만큼 블록버스터가 될 수 있을지에 관심이 몰리고 있습니다.

제네스 본사에서 CNN 존 몰리터였습니다.

톰 로렌스가 영상을 중지시키고 들고 있던 파이낸셜 타임즈의 기사를 읽었다.

[마크 램버트 CEO는 '나비로이'의 글로벌 런칭 선언과 함께 새로운 영업 패러다임의 원년을 선포했다.

영업사원이 개별적으로 병원을 찾아가 약품의 디테일링을 하는 지금까지의 방식에서 벗어나 디지털화된 약품의 정보를 인터넷으로 전달하는 새로운 방식을 시험적으로 운영한다는 내용이었다.

불법 리베이트에서 벗어날 수 없을 것만 같았던 제약업계에 새로운 시도를 했다는 의미에서 마크 램버트 CEO는 큰 박수를 받고 있다.

그는 우선 '나비로이'의 유럽 판매를 E디테일이라 이름 붙여진 전자 디테일링으로 시험적으로 운영할 것이라 밝혔다.

그의 시도가 어떤 결과를 가져올지는 아직 알 수 없기 때문에 업계 관계자들은 나비로이의 유럽 판매에 촉각을 기울이고 있다고 한다.]

뉴욕에 있는 제네스 본사 마크 램버트의 업무실에서 기사를 다 읽은 톰 로렌스가 작은 미소를 띠고 있는 마크 램버트를 슬쩍 쳐다봤다.

미소는 작지만, 가슴 속은 희열로 가득 차 있다는 것을 톰 로렌스는 알 수 있었다.

"잘되고 있군."

마크 램버트가 감정을 누르며 침착하게 대답했다.

"반응이 아주 뜨겁습니다. 미스터 램버트의 이름과 전자 디테일링이 언론에 계속해서 커버되고 있습니다."

"수고했어. 긍정적인 기사가 많으니 주가에도 도움이 되겠어."

'수고했어'라는 말에 톰 로렌스의 눈썹이 올라갔다.

얼마 만에 들어보는 말인지 몰랐다. 기분이 좋아진 그가 신이 나서 이야기를 계속했다.

"듀레인 회장의 이름은 기사에서 찾아볼 수도 없습니다."

"음……."

마크 램버트는 톰 로렌스가 언론에 뭔가 작업을 했다는 사실을 알았다.

예전에는 제네스 하면 다니엘 듀레인 회장의 이름이 자연스레 나왔다. 제네스 관련 기사에서 그의 이름이 언급되지 않으면 이상한 것이었다.

"앞으로도 찾아볼 수 없을 겁니다. 그는 과거의 유령일 뿐입니다."

"과거의 유령이라. 후후. 자네도 그런 말을 할 줄 아는군."

"일주일 동안 관련 기사가 커버되고 다음 달에 에이티제이 합병 기자 회견까지 하면 상반기 내내 미스터 램버트의 이름을 텔레비전과 신문에서 볼 수 있을 겁니다. 이제는 제네스 하면 마크 램버트라는 공식이 생길 겁니다."

"좋아, 그래야지."

마크 램버트가 푹신한 의자에 몸을 뉘었다.

톰 로렌스는 이제야 모든 게 자리를 잡았다고 생각했다.

듀레인 회장도 더는 마크 램버트의 행로를 가로막지 못할 것이다.

그때, 분위기를 깨는 노크 소리와 함께 데릭 스완슨이 마크 램버트의 집무실로 들어왔다.

아무 잘못도 없는 데릭 스완슨을 톰 로렌스가 노려봤다.

먼저 정중하게 CEO에게 인사를 한 그가 톰 로렌스에게 태블릿 PC를 건넸다.

당황한 표정의 그는 뭔가를 열심히 설명했다.

데릭 스완슨의 표정이 처음부터 굳어 있었다면 톰 로렌스의 표정은 천천히 데릭 스완슨의 그것을 닮아 갔다.

"무슨 일이야? 둘이서만 쑥덕거리지 말고 이야기해 봐."

마크 램버트가 못마땅한 눈초리로 데릭 스완슨을 매섭게 쳐다보고는 톰 로렌스에게 물었다.

"……직접 보시는 게 빠를 것 같습니다."

질문에 대답하는 대신, 그가 태블릿 PC의 영상을 재생했다.

CNN 아시아 비즈라는 프로그램 소개와 함께 리포터가 나타났다.

"제약업계의 선두 주자인 제네스가 연달아 혁신적인 정책을 발표하고 있습니다. 마크 램버트 글로벌 CEO가 발표한 전자 디테이링에 이어 라지브 나라옌 아시아 리전 CEO는 이번에 출시되는 '나비로이'에 관하여 새로운 MR 평가 방법을 적용한다고 발표했습니다. 지금까지 영업사원은 약품의 매출 실적에 따라 성과급 또는 페널티를 받아 왔는데요. 라지브 나라옌 CEO는 성과급 제도에서 개인 실적을 배제한다고 설명했습니다."

"요한슨 기자, 이 질문을 안 할 수가 없군요. 실적을 배제한다면 MR을 어떻게 평가한다는 거죠?"

스튜디오의 앵커가 흥미롭다는 표정으로 질문했다.

"그 질문이 나오기를 기다렸습니다. NEVA라고 이름 붙여진 평가 항목은 영업사원의 전문지식 수준, 환자치료 향상을 위해 제공한 서비스의 질, 그리고 부서 전체의 비즈니스 성과로 나뉩니다. 여기까지 들어서는 아직 잘 모르시겠죠. 그럼 이번 평가 방법을 기획하고 실행하고 있는 제네스 아시아 헤드쿼터 BD팀 매니저 유빈 킴의 인터뷰를 보시겠습니다."

유빈의 얼굴이 화면에 잡히자 톰 로렌스의 표정이 찡그려졌다. 싱가포르에서 만났던 바로 그 얼굴이었다.

"누구야?"

영상과 함께 톰 로렌스의 변한 표정을 확인한 마크 램버트가 물었다.

"그 직원입니다. 얼마 전에 에이티제이 합병에 관한 메일을 보냈던, 듀레인 회장님의……."

"아, 이 친구가……."

궁금했다.

도대체 어떤 사람이기에 듀레인 회장이 그렇게 아끼는지.

비록 화면을 사이에 뒀지만, 처음으로 마크 램버트가 유빈의 얼굴을 마주한 순간이었다.

"큰 항목에 대한 세부 평가는 각 국가의 환경과 시장 규모 여건에 따라 다르게 개발했습니다. 전문 지식에 대한 평가는 제품과 질병에 관한 이해와 정보 전달의 숙련도 등을 테스트하는 방식으로 진행될 것입니다. 서비스의 질은 병원에서 MR의 프레젠테이션 평가와 고객 그러니까 의사의 만족도 평가로 이뤄질 것입니다."

유빈이 깔끔한 발음으로 막힘없이 인터뷰에 응했다.

"제네스 아시아 본부에서 먼저 새로운 평가 방법을 적용하는 이유가 있습니까?"

"과민성 방광염 치료제인 '나비로이'가 글로벌 런칭하면서 마크 램버트 CEO는 나비로이에 한해서는 각 리전에 자유롭게 전략을 짤 수 있는 권한을 주었습니다. 그걸 바탕으로 아시아 본부에서 글로벌과 상관없이 독자적인 프로젝트로 진행하게 되었습니다."

교묘한 대답이었다.

방송을 통해 나비로이를 한 번 더 광고하는 한편, 제네스 본부에는 마크 램버트가 권한을 줬다고 재차 확인해 주고 있었다. 동시에 프로젝트의 기획을 아시아 본부에서 했다고 이야기하면서 공을 가지고 오고 있었다.

마크 램버트 역시 대답의 의미를 잘 알고 있었다.

그는 흥미로운 표정으로 유빈의 영상에 집중했다.

인터뷰가 계속 이어졌다.

"영업 실적에 개인의 노력이 반영되지 않는다는 것이 문제가 될 수 있을 것 같은데요. 자칫 영업 실적에 대한 부담이 줄어든 만큼 실적 저조로 이어질 수 있다는 우려도 있습니다."

"그런 우려에 대해서 물론 고려하고 있습니다. '나비로이'에 한정에서 우선 실험적으로 시도하는 이유이기도 하고요. 하지만 전문지식의 평가로 개별 MR의 약품에 대한 지식 수준과 정보 전달 등의 영업 능력이 향상될 경우, 회사와 제품에 대한 신뢰성 등이 확보돼 의료진과 환자의 만족도는 높아질 것입니다. 그럼 결과적으로 우려하는 영업 실적도 성장할 것이라고 확신합니다."

"제약회사의 리베이트가 여전히 이슈가 되고 잊힐 만하면 큰 사건이 터지고 있습니다. 이번에 도입한 평가 방법, 그러니까 NEVA가 리베이트를 줄일 수 있다고 생각하십니까?"

"물론입니다. NEVA를 도입하면서 생각한 첫 번째 목적이 리베이트 문화의 퇴출입니다. 개인의 영업 실적을 평가하지 않음으로써 개인 실적을 위해 불법 리베이트를 시도할 동기가 없어지게 됩니다. 비록 '나비로이'라는 약품 하나에서 출발하지만, 차후에 이 평가 방법이 전 세계 제약회사의 스탠다드로 자리 잡게 되면 리베이트가 완전히 근절될 것이라 믿습니다."

다시 화면이 리포터에게로 넘어갔다.

"큰 그림을 그리고 있는 제네스 유빈 킴의 인터뷰였습니다. 며칠 전 제네스 글로벌 CEO가 전자 디테일링인 E디테일의 도입도 발표했지만, 영업사원의 새로운 평가 방법인 NEVA는 의사와 제약회사와의 관계를 클린하게 형성하는 시작이 될 수 있다는 의미로 긍정적인 평가를 받고 있습니다. 이상 싱가포르에서 CNN 아시아 엘레나 요한슨이었습니다."

"요한슨 기자. 고맙습니다. 내년이면 제네스의 새로운 시도의 결과를 알 수 있겠군요. 제네스의 실험적인 시도가 의료진과 제약회사의 뿌리 깊은 검은 커넥션을 끊을 수 있는 계기가 되었으면 좋겠습니다. 그럼 다음 뉴스는⋯⋯."

톰 로렌스가 동영상의 재생을 멈췄다.

"전자 디테일링보다 아시아 본부의 새로운 평가 방법에 관한 기사가 더 이슈가 되고 있습니다. 커버되는 기사의 수도 아시아 본부의 기사가 훨씬⋯⋯."

"데릭, 나가 있어!"

데릭 스완슨이 자기 할 일을 한다고 보고를 마무리하려 하자 톰 로렌스가 소리를 질렀다.

"아…… 죄송합니다."

실수를 깨닫고 얼굴이 빨개진 그가 회의실에서 도망치듯 나가자 톰 로렌스가 고개를 좌우로 흔들었다.

일은 잘하지만, 눈치로 따지자면 그가 키우는 개만도 못한 녀석이었다.

"재미있군."

"네?"

분노를 터뜨릴 줄 알았던 마크 램버트는 오히려 흥미로운 표정을 짓고 있었다.

화가 나는 게 당연한 일이었다.

승자로서 모든 스포트라이트를 받으려는 순간, 누군가가 조명의 위치를 옆으로 옮겨 놓은 격이었다. 그리고 옮겨진 장소에는 다른 사람이 서 있었다.

게다가 그 다른 사람이 부하 직원이라면?

열이 뻗칠 수밖에 없는 상황이었다.

그런데 마크 램버트는 예상하지 못한 반응을 보였다.

"미스터 나라옌이 끝까지 말썽이군요."

"나라옌은 이런 일을 생각할 인물이 못 돼."

"그럼……."

"유빈 킴이라는 직원의 작품이겠지."

"그래도 아시아 리전 CEO가 허락하지 않았다면 진행할 수 없지 않았을까요? 이 기회에 미스터 램버트의 의견에 사사건건 반대하는 그를 은퇴시켜 버리는 게……."

"라지브 나라옌은 듀레인 회장파의 수장이나 다름없는 사람이야. 오랫동안 회사를 위해 일한 사람이고. 이사회에 아직 노인네의 영향력이 남아 있는 만큼 그를 특별한 이유 없이 건드리면 강한 반발에 직면할 거야."

"하지만 새로운 영업 평가 방식이라뇨! CEO인 미스터 램버트에게 허락도 받지 않고 그따위 발표를 하다니, 이건 대놓고 쿠데타를 일으키겠다는 겁니다!"

"자네답지 않게 왜 그래. 진정해. 나비로이에 한해서는 각 리전에 전권을 준다는 이메일을 이미 보냈잖아. 그러고 보니 그것도 노인네의 조건이었군. 음……."

설마 이렇게 될 줄 알고 그런 조건을 건 건가?

그 정도로 유빈 킴이라는 사람에게 믿음이 있는 건가?

듀레인 회장의 의도를 이제야 알게 된 마크 램버트의 표정이 무거워졌다.

톰 로렌스는 목이 타는지 책상 위에 있는 물을 벌컥 마셨다.

"이런 식으로 돌아올지는 몰랐어."

"저도 듀레인 회장님이 미스터 램버트의 방식을 인정한 거로 알았습니다."

톰 로렌스의 거친 숨이 잦아들었다. 분노가 일었지만, 보스가 흥분하지 않으니 혼자서 계속 화를 낼 수도 없었다.

동시에 아시아 리전을 대표해서 뉴스에 나온 유빈의 얼굴이 계속 아른거렸다.

내용도 그렇지만 발표 날짜 또한 너무나 공교로웠다.

이대로는 E디테일링과 NEVA라고 하는 평가 방법은 라이벌 구도로 갈 수밖에 없었다.

차후에 매출 결과가 나오는 거로 봐서 파장이 만만치 않을 수 있었다.

'그 정도의 남자였단 말인가…….'

후환은 빨리 제거하는 게 좋았다.

"미스터 램버트, 나라옌이 안 된다고 하시면 이번 일의 실무자인 유빈 킴을…….'

"안 돼."

톰 로렌스의 말이 끝나기도 전에 마크 램버트가 말을 잘랐다.

"유빈 킴은 아직 회사에서 영향력이 큰 존재는 아니지만, 분명히 두각을 드러낼 사람입니다. 지금 손을 써야 합니다!"

"사람 평가에 박한 자네가 인정할 정도란 말이야?"

"……그렇습니다."

"우리에게 나쁘지만은 않아. 두 시스템이 라이벌 구도를 형성하면서 제네스와 나비로이에는 더욱 관심이 쏠릴 거야. 이런 상황에서 실무자를 내친다? 자살골이지."

마크 램버트가 단호하게 고개를 저었다.

"하지만……."

"흥미롭지 않아? 나의 E디테일과 그 녀석의 새로운 영업 평가 방식 중에서 과연 어떤 것이 성공할지."

"미스터 램버트!"

"톰, 자네 혹시 나를 못 믿어서 그래? 내가 그 녀석한테 지기라도 할까 봐?"

"……그건 아닙니다. 다만, 모든 불안 요소는 확실하게 없애는 편이 낫다고 생각했습니다."

"자네가 나를 과소평가하는군. 내가 지는 일은 없어. 지금까지도 그랬고 앞으로도 그렇고. 그 친구가 언제 뉴욕으로 온다고 했지?"

"다음 주 목요일에 도착입니다."

"잘됐군. 에이티제이 건도 그렇지만 나눌 이야기가 한 가지 더 생겼잖아."

마크 램버트가 차가운 미소를 지었다.

"전 세계에 얼굴을 알린 기분이 어떻습니까?"

나라옌이 칠리크랩을 씹어 먹으며 물었다. 어지간히 칠리크랩을 좋아하는 사람이었다.

나라옌은 일주일에 세 번 이상은 유빈과 식사를 했다. 딱딱한 사무실에서 받는 보고보다 편하게 이야기할 수 있는 자리를 선호하는 그의 경영 방식이었다.

"CNN 뉴스도 아니고 아시아 비즈라는 프로그램에 나왔을 뿐인데요."

기사는 엄청나게 퍼져 나갔지만, 유빈이 인터뷰를 진행한 프로그램은 단 하나였다.

"몰랐군요. 어제저녁 CNN 메인 뉴스에도 미스터 킴의 인터뷰가 나왔습니다. 우리의 새로운 시도가 세계적으로 이슈가 되고 있습니다. 전화도 많이 왔을 텐데요."

"그랬나요? 하도 모르는 번호로 전화가 와서 어제는 아예 꺼놓고 있었습니다. 잠을 못 잘 정도라서요."

그러고 보니 아직 핸드폰을 켜지 않은 상태였다.

"미스터 킴도 문명인은 아니군요. 하하"

꺼져 있는 화면을 알아챈 나라옌 CEO가 유쾌한 웃음을 터뜨렸다.

"헉."

"왜 그럽니까?"

유빈이 핸드폰을 켜자 계속해서 소리가 울렸다.

부재중 전화와 끊임없는 문자가 날아 들어왔다.

"그것 보십시오. 이제 유명인이라니까요."

주서윤부터 제네스에서 유빈이 알았던 대부분 직원은 물론이고 영업하던 지역 병원 원장님들에게서도 문자가 여러 통 왔다.

유빈이 주서윤의 문자를 먼저 확인했다.

─오빠 왜 전화기 꺼놨어요? 너무해요. 저한테 미리 언질도 안 주고. 다른 사람이 이야기해서 알았잖아요. 아무튼, 9시 뉴스에 나온 거 축하해요^^ 전화해 주세요~

9시 뉴스라니.

"새로운 영업 평가 방법에 대해서는 언제부터 생각한 겁니까?"

멍해 있는 유빈에게 나라옌이 질문을 던졌다.

"아, 미스터 나라옌이 BD 매니저를 제안했을 때부터 생각한 아이디어입니다. 한국에서 6개월 동안 초안을 짰고요. 원래는 나비로이가 아닌 모든 아시아 리전 MR에 적용할 생각이었습니다만 상황이 변했으니 어쩔 수 없죠."

"역시 준비된 사람이 기회를 잡는다는 말이 틀리지 않는군요. 이번에 아시아 리전에서 나비로이가 성공하면 처음에 생각했던 것처럼 전 제품에 NEVA를 적용할 수 있을 겁니다."

"그렇게 되기를 빌어야죠."

"이로써 마크 램버트 CEO와 제대로 경쟁할 수 있겠군요. 어떻게 보면 그가 E디테일이라는 새로운 시도를 했기 때문에 지금의 상황이 만들어진 거기도 하고요."

"마크 램버트라……."

기사가 나갔는데도 본사에서는 별다른 반응이 없었다.

마크 램버트와 톰 로렌스가 어떤 생각을 했을지 궁금했다.

하긴, 이제 곧 만나면 알 수 있을 것이다.

"그가 추구하는 방식에는 반대하지만, CEO로서의 능력은 뛰어난 사람입니다. 리더십도 있고 무엇보다 추진력이 있는 사람이죠. 경쟁이 만만하지는 않을 겁니다."

"최선을 다해야죠."

"앞으로 바빠지겠군요. 출장도 다녀와야 하고 아시아 지역 GPM들과 텔레컨퍼런스도 잡혀 있고 아, 그리고 다른 미디어에서도 인터뷰 요청도 몇 건 더 들어왔습니다."

"이제 미디어 인터뷰는 사양하겠습니다. 미스터 나라옌이 처리해 주십시오."

"아니, 그래도 제가 명색의 CEO인데 저한테 일거리를 주는 겁니까?"

나라옌이 웃으며 물었다.

"미디어 인터뷰는 아무것도 아닙니다. 미스터 나라옌에게 CoMarketing 관련해서 맡길 일이 있습니다."

"그게 뭔가요?"

"아시다시피 아시아 상위 매출 국가 중 한국과 중국 그리고 일본은 공동판촉 협상이 성사되었습니다. 나머지 인도와 호주가 남았는데 호주는 미세스 루이자에게 이미 부탁을 했습니다. 그리고 인도는……."

발표가 끝난 다음 날 타츠야가 낭보를 전해 왔다.

일본 아스타 제약과 공동 판촉 협상을 성사시켰다는 내용이었다.

나라옌의 미소가 점점 사라졌다.

이 사람은 정말로 CEO에게 일을 시켜먹을 작정이었다.

"인도는 CEO께서 책임져 주시기 바랍니다. 리센위도 성공했는데 설마 CEO께서 실패하지는 않으시겠죠?"

"아니, 그러니까……."

"시간이 많지 않습니다. 제가 뉴욕에 출장 갔다 오기 전에 가능하시겠죠?"

나라옌 CEO는 사레에 걸렸는지 마른기침을 하며 손에서 놓을 줄 몰랐던 칠리 크랩을 접시에 떨어뜨렸다.

"화이팅입니다!"

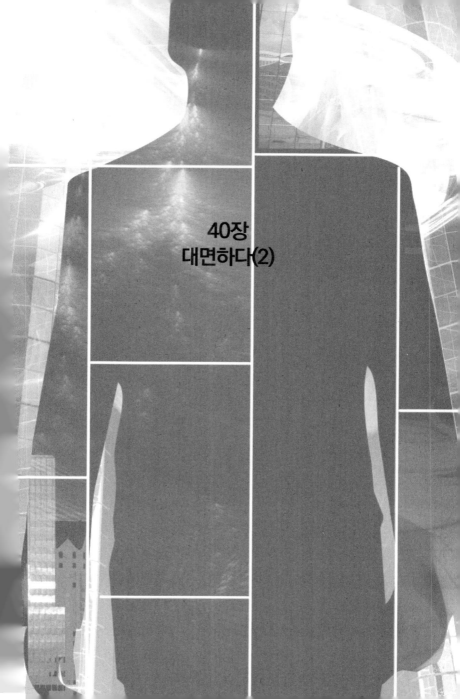

40장
대면하다(2)

창이 공항에서 이륙한 비행기가 비행 고도에 안착하며 안
정을 찾았다.

뉴욕 JFK 공항까지는 18시간.

전 세계에서 비행시간이 가장 긴 노선이었다.

에이티제이 관련 자료를 살펴보기 위해 노트북을 꺼내려
던 유빈은 생각을 바꾸고 비지니스석 앞좌석에 붙어 있는 화
면을 조작했다.

'인셉션이라고 했지.'

유빈은 뉴욕으로 출발하기 전, 일본과 중국에서 훌륭하게
임무를 완수하고 돌아온 두 사람과 짧은 미팅을 했다.

리센위와 타츠야는 유빈이 나비로이의 책임자로 뽑혔다는 사실에 한껏 고무되어 있었다. 회사 내에서 BD팀의 위상은 전과는 비교할 수도 없었다.

당연히 두 사람에 대한 평가도 180도 달라졌다.

문제라는 낙인이 찍혀 있던 리센위와 항암사업부에서 존재감 제로였던 타츠야는 본부 내에서 가장 주목받는 직원이 되었다.

이제는 나비로이 런칭을 충실하게 준비만 하면 된다고 각오를 다지던 그들에게 유빈은 뉴욕으로 출장 가는 이유를 설명했다.

"자, 잠깐만요. 에이티제이와의 합병을 막는다고요? 그리고 마크 램버트 글로벌 CEO의 뭘 바꾼다고요?"

"마음, 아니, 생각이겠군요. 그것도 아주 강하게 뿌리박힌 녀석을요."

편안하게 답하는 유빈을 리센위가 황당하게 바라봤다.

지금 상황은 산 넘어 평지라고 해야 할까.

나비로이 경쟁이라는 가장 높은 산을 넘고 평지까지는 아니어도 낮은 구릉만 넘어가면 되는 상황이었다.

그런데 BD팀 매니저라는 사람이 다시 더 높은 산을 찾아나서는 꼴이었다.

첫 번째 산이 히말라야 정도였다면 유빈의 다음 목표는

K2였다.

8611m, 세계 제2위의 고봉으로 마의 산이라 불리며 세계의 날고 긴다는 산악가들의 등정 성공률이 30%가 채 안 되는 산을 유빈은 지금 무산소로 등반하겠다고 하고 있었다.

옆에서 나름대로 냉정하게 상황을 보려던 타츠야 역시 고개를 저었다.

"유빈, 혹시 '인셉션'이라는 영화를 봤나요?"

"아니요. 못 봤습니다."

"인셉션에서도 지금 유빈이 하려는 것과 비슷한 내용이 나옵니다. 대기업을 물려받을 후계자의 마음을 바꾸기 위해 주인공을 비롯한 그의 팀이 고군분투하는 내용이죠."

"기업영화인가요? 재밌겠는데요."

"기업영화는 아니고…… 한 번 보면 알겠지만 중요한 건 마음을 바꾸는 방법입니다. 후계자가 스스로 마음을 바꾼 것처럼 느끼게 하려고 주인공은 그의 무의식에 침투하죠."

"무의식이요?"

"네, 꿈을 통해서 그것도 한 층의 무의식이 아니라 여러 층의 무의식을 통과해 후계자의 마음속 깊은 곳까지 들어갑니다. 결국에는 무의식을 조작해 후계자가 주인공이 원하는 결론을 내리게 하죠."

유빈은 타츠야가 영화에 관해 설명하는 의미를 알았다.

마크 램버트처럼 자기 확신이 강한 사람의 신념을 바꾸는 일은 거의 불가능하다는 이야기였다.

하지만 타츠야가 모르는 것도 있었다.

유빈에게는 영화에서처럼 꿈속에 들어갈 수 있는 능력은 없었지만 다른 능력이 있었다.

한스 짐머의 웅장한 OST를 배경으로 엔딩 크레딧이 올라갔다. 어딘가 마음속 깊이 숨어 있는 감정을 건드리는 음악이었다.

영화는 꿈속에 들어가서 생기는 화려한 장면과 액션을 보여 줬지만, 영화 내내 관통하고 있는 키워드는 하나였다.

주인공은 가족에게 돌아가기 위해 의뢰를 받아들인다. 대기업의 후계자가 결정적으로 마음을 바꾸는 계기는 아버지와의 관계였다.

'가족이라…….'

JFK 공항에서 빠져나온 유빈은 어떤 가족을 만나러 가기 위해 택시를 잡았다.

"알파인, 뉴저지."

아직은 쌀쌀한 뉴욕의 밤공기 때문인지 희미한 입김과 함께 나온 유빈의 행선지에 택시 기사가 잠시 머뭇거리더니 타라는 손짓을 했다.

기사가 백미러로 뒷자리에 앉아 있는 동양인을 힐끔힐끔 쳐다봤다.

몇 년을 공항에서 사람을 태웠지만, 알파인에 가는 사람은 처음이었다.

유빈이 기사의 시선을 눈치채고 물었다.

"얼마나 걸리죠?"

"저녁 시간이니까 한 시간 안에 도착할 겁니다. 중간에 통행료를 내야 하는 건 아시죠?"

"그런가요?"

유빈이 주소가 적힌 종이를 기사에게 건넸다.

구체적인 행선지까지 확인하자 흑인 특유의 그루브를 보이던 기사의 목소리가 약간은 조심스러워졌다.

알파인은 미국 최고의 부자 동네인 데다가 그곳에 사는 사람치고 한 끗발 하지 않는 사람이 없었다.

"알파인에 스티비 원더가 산다는데요…… 손님은 그곳에 아는 사람이라도 있나요?

"네, 친구가 그곳에 삽니다."

유빈이 환하게 웃으며 답했다.

"유빈! 어서 오게!"

알파인에서도 가장 고풍스러워 보이는 저택으로 들어간 유빈을 맞은 사람은 듀레인 회장이었다.

올백으로 넘긴 흰 머리와 콧수염은 여전했지만, 수트가 아닌 편한 가운을 입은 모습이 낯설면서 동시에 친근하게 느껴졌다.

두 사람의 만남은 듀레인 회장의 초청으로 이루어졌다.

유빈이 뉴욕으로 출장 온다는 소식에 딸과 같이 살기 위해 최근 맨해튼의 맨션에서 나와 마련한 알파인의 집으로 그를 초대한 것이다.

듀레인 회장의 딸이자 앤의 어머니인 쥴리 해밀턴과도 인사를 나눈 유빈은 짐을 풀고 거실로 내려왔다.

"아버지가 친구라고 집에 초대한 사람은 유빈 씨가 처음이에요. 호호."

앤이 나이를 먹으면 저렇게 되겠구나 싶을 정도로 갈색 머리와 눈이 닮은 쥴리 해밀턴은 유빈을 반갑게 맞아 줬다.

그녀가 준비해 준 다과와 함께 유빈과 마주한 듀레인 회장이 먼저 말을 꺼냈다.

"자네는 나를 항상 놀라게 하는군. CNN을 보면서 내가 무릎을 몇 번이나 쳤는지 아나?"

"하하, 그러셨나요? 관심이 곧 가라앉을 거라는 건 알지만, 그 CNN 인터뷰 때문에 정말 피곤합니다. 그냥 미스터 나라옌에게 인터뷰까지 다 맡길 걸 그랬습니다."

JFK공항에 도착하고 핸드폰 전원을 켜자 끝없는 메시지와 알람이 날아 들어왔다. 씨큐리티가 이상한 눈으로 쳐다보는 바람에 유빈은 바로 전원을 다시 꺼야 했다.

"하하, 그렇게 욕심이 없어서야. 대중의 관심은 자네 말대로 금방 사그라지겠지만, 자네와 NEVA를 향한 이사회의 관심은 그렇지 않을 걸세. 물론 나도 마찬가지고."

듀레인 회장이 유빈을 따뜻한 눈으로 바라봤다.

뉴욕에서 처음 만났을 때가 작년 1월이었다. 1년이라는 짧은 시간에 그가 이룬 것을 생각하면 놀랍다는 단어로도 부족했다.

이사회에서 E디테일 안건이 승인되고 유빈에게 메일을 보낸 것이 채 두 달도 지나지 않은 일이었다.

"보내드린 나비로이 마케팅 전략은 한번 보셨나요?"

"안 그래도 궁금했는데 자네가 마침 보내 줘서 정독할 수 있었네. 자네는 조언을 구한다고 보냈지만 더는 뺄 데도, 더할 데도 없는 전략이더군. NEVA와 CoMarketing 모두 훌륭해!"

"회장님 마음에 드셨다고 하니 마음이 조금 놓이네요."

듀레인 회장의 반응에 유빈의 얼굴에 작은 미소가 그려졌다.

"아까도 말했지만, 이사회에서도 큰 관심이 있네. 마크의 E디테일이 급진적이라고 생각하는 이사들에게는 자네의 NEVA가 대안이 될 수 있으니까."

"NEVA도 방향만 다를 뿐 E디테일만큼 급진적이지 않을까요?"

"그들에게 급진적이다 아니다는 중요하지 않네. 그건 반대를 위한 핑계일 뿐이지. 그들은 권력의 추가 한쪽으로 쏠리는 것을 견제할 뿐이야. 예전에는 내가 본의 아니게 그 역할을 했는데 이제는 자네와 NEVA가 그 역할을 하게 된 거지."

"회장님, 저는 마크 램버트 CEO를 견제할 생각이 없습니다. 마찬가지로 이사회가 원하는 역할을 할 생각도 없고요."

유빈의 표정이 단호하게 바뀌었다.

듀레인 회장이 술잔을 기울이며 유빈의 말을 곱씹었다.

유빈의 풍기는 분위기는 뉴욕, 아니, 한국에서 서우석 회장과 만났을 때와도 또 달랐다.

더 단단해지고 성숙해진 느낌이 물씬 풍겼다.

그때는 마크 램버트에 대한 적의가 느껴졌지만, 지금은 아니었다.

"마음을 바꾼 건가?"

"바꿨다기보다는 바로 세웠습니다."

"음, 그를 설득할 생각이군."

선문답 같은 유빈의 대답에도 듀레인 회장은 그 의미를 정확히 집어냈다.

"그에게 효율성이 전부가 아니라는 것을 보여 줄 생각입니다."

"쉽지 않을 걸세. 쉽지 않을 거야."

"마크 램버트가 과거의 여러 경험으로 효율성을 강조하는 CEO가 되었다면 그의 마음을 바꾸는 건 정말 불가능할 겁니다. 하지만 만약 그가 어릴 적의 트라우마 때문에 그렇다면 충분히 가능성은 있습니다."

듀레인 회장은 유빈이 왜 그런 생각을 한 것인지 알 것 같았다.

"으음, 지금 유빈 자네가 가려는 길은 원래의 길에 비해 더 험할지도 모르네."

"저도 알고 있습니다. 단지, 제가 가려는 길이 제네스를 위해서 더 바람직한 방향이라고 판단했기 때문에 험한 줄은 알지만 갈 수밖에 없습니다."

듀레인 회장은 유빈에게 보낸 메일에서 마크 램버트의 과거를 언급했다.

써 놓은 것처럼 그를 동정하거나 이해하라는 의미는 아니었다. 다만, 마음 깊은 곳에서는 유빈과 마크가 제 살 깎아먹는 경쟁이 아닌 헤겔의 변증법처럼 정과 반의 경쟁을 통해 제네스를 지금보다 한 단계 끌어올리기를 바랐다.

하지만 동시에 그것은 이뤄질 수 없는 바람이라고 그는 생각했다.

성향이 전혀 다른 두 사람이 서로 경쟁해 가면서 회사를 발전시키기도 힘들뿐더러 현재 둘의 위치가 너무 차이가 났다.

그걸 알고 있으면서도 듀레인 회장은 유빈에게 무거운 짐을 떠넘겼다.

그런데도 유빈은 아무렇지도 않게 그렇게 하겠다고 말하고 있었다. 그의 눈에는 아무런 걱정도, 두려움도 없었다.

"회장님, 이제 걱정 안 하셔도 됩니다."

유빈의 담담한 말에 듀레인 회장의 노구가 살짝 떨렸다.

아무도 자신에게 걱정하지 않아도 된다는 말을 하지 않았다. 임원이 된 이후로 그 말은 항상 자신의 몫이었다.

부하직원을 위로하고 동료들을 안심시키고.

그런데 유빈의 말을 들으니 마음이 편안해졌다. 그는 마치 모든 일은 자신한테 맡기고 이제는 가족과 행복한 시간을 보내라는 표정을 짓고 있었다.

처음으로 들어 본 그 말 때문일까.

불가능해 보이는 일에 당차게 도전하는 유빈의 모습이 감동을 불러일으켜서일까.

갑자기 울컥한 마음이 된 듀레인 회장이 불필요한 헛기침을 하며 창밖으로 시선을 돌렸다.

허드슨 강에 비쳐 출렁거리던 저 멀리 뉴욕 맨해튼의 야경과 조지 워싱턴 다리의 불빛이 흐려졌다.

유빈은 가만히 듀레인 회장이 돌아서기를 기다려 줬다.

그의 감정을 정확히 알지는 못했지만 조금은 알 것 같았다.

"크흠, 미안하네. 나도 나이가 들면 주책이 없어졌군. 그래서 어떻게 할 생각인가?"

한참 뒤에야 멋쩍게 돌아선 듀레인 회장이 작은 헛기침을 하며 물었다. 유빈은 그가 어색하지 않도록 일부러 담담하게 대답했다.

"아무리 제가 아시아 리전 나비로이의 책임자고 에이티제이의 합병 의견을 냈다고 해도 마크 램버트에게는 부하 직원일 뿐입니다. 그가 제 말에 귀를 기울이게 만들려면 결과를 내는 것이 우선입니다. 설득은 그다음이고요."

"그렇군. 내가 도와줄 일은 없겠나?"

"음, 우선 마크 램버트와 그 주위에 있는 사람들에 대해서 알려 주십시오."

"그거면 되겠나?"

"네, 정보가 많으면 많을수록 좋습니다. 그리고…… 이건 조금 무리한 부탁일지도 모르지만, 마크 램버트의 가족에 대해서 알아보실 수 있으신가요?"

"마크의 가족?"

"마크 램버트 CEO가 어렸을 때, 아버지의 파산으로 가족이 뿔뿔이 흩어졌다고 했는데 소식을 알 수 있을까 해서요."

"음, 한번 알아보겠네."

"죄송합니다. 회장님 아니고는 도움을 받을 사람이 없어서요."

"무슨 소리인가. 나야말로 자네를 믿기 때문에 쥴리 그리고 앤과 편안한 시간을 보낼 수 있게 되었네. 그 믿음은 오늘 한층 더 커졌고. 최대한 알아보겠네."

전날 새벽까지 듀레인 회장과 깊은 대화를 나눈 유빈이 머리를 긁적이며 1층으로 내려왔다.

다시 봐도 넓은 집이었다.

어제는 보이지 않던 하우스키퍼가 돌아다니고 있었다.

"굿모닝, 잠자리는 불편하지 않았어요?"

앞치마를 한 줄리 해밀턴이 유빈의 기척을 느끼고 거실로 나왔다.

"아, 굿모닝! 편하게 잘 잤습니다. 맛있는 냄새가 나네요."

"같이 아침 먹어요."

"회장님은······."

"아버지는 아직 주무세요. 더 주무시게 놔두려고요."

줄리가 부드러운 미소를 지었다.

"그거 아세요?"

"네?"

"아버지가 늦잠 주무시는 건 정말 오랜만이에요. 늘 새벽 같이 일어나시거든요."

"아, 제가 여쭤볼 게 많아서 새벽까지······ 죄송합니다."

"아니요. 그런 뜻이 아니에요. 아버지는 아무리 늦게 주무 셔도 새벽같이 일어나서 운동도 하시고 회사 관련 기사를 살 펴보세요. 그런데 오늘은 안 일어나셔서 침실에 가 보니까 너무나 편안한 얼굴로 주무시고 계시더라고요."

"아."

"유빈 씨 덕분인 것 같아요. 어렸을 때, 제 어머니가 살아 계셨을 때는 아버지가 아무리 힘든 일이 있어도 어머니의 무 릎 위에서 편하게 주무시곤 하셨어요. 어머니는 아버지가 회 사에서 힘들었던 이야기를 하면 걱정하지 말라고 다 잘될 거라는 말씀만 하셨죠."

"제가 사모님의 역할을 한 겁니까?"

"호호, 그런 것 같아요. 아버지의 저런 얼굴은 오랜만에 보는 것 같아요. 고마워요."

"몇 층에 가십니까?"

"27층입니다."

듀레인 회장의 리무진을 타고 뉴욕 본사에 도착한 유빈이 넥타이를 매만졌다.

"약속은 하셨나요?"

"마크 램버트 CEO와 약속이 있습니다. 전 아시아 본부에서 온 유빈 킴이라고 합니다."

유빈의 대답에 제네스 본사 건물의 시큐리티가 고개를 끄덕이고는 바로 전화기를 들었다.

"들어가시죠."

유빈이 낯이 익은 시큐리티의 얼굴을 다시 한 번 쳐다봤다.

1년 전 뉴욕에 왔을 때, 마크 램버트의 비서인 엘렌의 연락으로 유빈을 데리러 올라왔던 그 사람이었다.

그때는 마크 램버트의 얼굴이라도 보기 위해 잠행(?)을 했다면 지금은 당당히 그의 초청으로 27층을 향하고 있었다.

엘리베이터의 문이 열리고 역시 1년 만에 만나는 금발의 여성이 유빈을 맞았다.

"엘렌이었죠? 오랜만이네요."

"솔직히 다시는 못 볼 거로 생각했는데 제가 틀렸네요. 호호."

자신의 이름을 기억하고 있어서 기분이 좋아진 엘렌이 유빈에게 업무와 관련 없는 은근한 눈길을 보냈다.

"미스터 램버트는?"

"안에서 기다리고 계십니다."

"그럼."

유빈이 가볍게 목례하고 닫혀 있는 문을 향해 걸어갔다. 엘렌이 더 말이라도 걸어 보려 했지만, 유빈의 강렬한 기세에 입을 떼지 못했다.

유빈이 CEO 업무실로 들어가자 두 남자가 그를 기다리고 있었다.

"아시아 본부 BD 매니저 유빈 킴입니다."

"마크 램버트요."

의외로 창문이 없는 업무실은 고동색과 남청색 계열의 벽지로 꾸며져 있었다. 어딘가 잘못이 없어도 주눅 들게 만드는 공간이었다.

자신의 업무실과 비슷한 느낌을 풍기는 마크 램버트가 무심한 표정으로 유빈에게 손을 내밀었다. '먼 길 오느라 고생했습니다'와 같은 인사치레 따위는 없었다.

영어에는 존댓말이 없지만, 마크 램버트의 영어에서는 당연하다는 듯이 하대하는 느낌이 났다.

하지만 유빈의 단단한 오라는 마크 램버트의 살벌한 기세를 튕겨 냈다.

유빈의 작은 움직임 안에는 자신감과 당당함이 배어 있었다. 글로벌 CEO, 대놓고 말하면 회사 대빵을 눈앞에 두고도 한 치의 흐트러짐을 보이지 않았다.

유빈은 마크 램버트가 내민 손을 맞잡았다.

그리고 파란색 눈동자가 인상적인 그의 눈을 똑바로 바라봤다.

마크 램버트의 오라는 지금까지 봐 왔던 사람들과 차원이 달랐다.

밝기는 듀레인 회장이나 서우석 회장과 비슷했지만, 안정된 그들의 오라와는 달리 사방으로 뻗어 나가려는 공격적인 모습이었다.

심지어 상대방의 마음을 편하게 만들어주는 유빈의 오라

도 그의 오라를 뚫고 들어가지 못했다.

두 사람은 톰 로렌스가 끼어들기 전까지 눈을 돌리지 않고 한참을 그렇게 서 있었다.

"크흠, 싱가포르에서 보고 1년 만인가요?"

"미스터 로렌스, 오랜만입니다."

그제야 손을 풀고 눈을 돌린 유빈이 톰 로렌스와도 악수를 했다.

유빈과 손을 잡은 톰 로렌스는 왜인지는 모르지만, 솜털이 삐죽 솟는 느낌이 들었다.

'이 녀석이 원래 이런 느낌이었나?'

싱가포르에서 만났을 때는 스펀지처럼 부드러운 느낌이었다면 지금은 잘 벼른 한 자루의 칼을 마주하는 것 같았다.

그때 유빈의 행동과 표정이 거짓이라는 것은 알고 있었지만, 그 만남과 별개로 기질 자체가 완전히 다른 사람이었다.

톰 로렌스는 유빈을 경계하는 마음을 품었다.

그가 무슨 말을 할지 유심히 지켜볼 생각이었다.

지극히 비지니스적인 상견례를 마치고 세 사람이 책상을 사이에 두고 마주 앉았다.

"제가 보낸 이메일에 출장 명령까지 내실 줄은 몰랐습니다."

어색한 가운데 유빈이 먼저 말을 꺼냈다.

"자네의 의견이 반영은 안 되겠지만, 최종 협상 타결을 앞두고 정보가 많으면 많을수록 좋겠다는 생각에 본사로 불렀네."

마크 램버트가 처음부터 선을 그었다.

합병은 이미 결정된 일이고 너 따위 레벨의 직원이 끼어들 수 없다는 선언 같은 것이었다.

하지만 유빈은 개의치 않고 질문했다.

"음, 인수 금액을 여쭤봐도 될까요?"

"아직 발표된 내용이 아니라서 알려 줄 수가 없군."

마크 램버트는 여유 있는 자세로 유빈의 질문을 받았다.

아무리 듀레인 회장이 신뢰하는 사람이고 아시아 본부에서 나비로이를 담당해 CNN에까지 출현했다고 해도 유빈은 그의 부하 직원 그 이상, 그 이하도 아니었다.

마크 램버트는 유빈의 대답에 성실하게 대답해 줄 이유도 없었고 그러고 싶지도 않았다.

심각하게 받아들이지는 않았지만 어쨌든 유빈은 자신의 정책에 행동으로 태클을 거는 유일한 사람이었다.

신선하면서도 불쾌했다.

그를 본사까지 부른 것은 듀레인 회장이 인정한 사람이 어떤 사람인지 직접 보고 싶은 이유도 있었지만, 누가 이 회사의 보스인지 제대로 각인시켜 주고 싶은 마음도 있었다.

'그렇단 말이지.'

유빈도 인정했다.

마크 램버트는 지금까지 그가 상대한 사람 중 가장 '갑'의 위치에 있는 사람이었다.

그의 한 마디면 유빈은 당장 해고를 당할 수도 있었다.

그렇다고 여기서 굽히는 모습을 보인다면 당장 말없이 그를 따르는 수많은 직원 중 한 명이 되는 것이었다. 그렇게 되면 기회 역시 사라질 수밖에 없었다.

마크 램버트에게 하고 싶은 말이 천 마디도 넘었지만, 지금은 아니었다. 아직 각을 세울 때가 아니었다. 유빈은 계획한 대로 오늘 이 자리에서 얻을 것만 생각했다.

"그렇군요. 설마 제가 제시한 1,000억 달러 이상은 아니겠죠. 그건 아닐 겁니다."

유빈이 혼잣말하는 것처럼 작게 말했다. 물론 테이블에 있는 사람이 다 들을 수 있는 크기였다.

인수합병이 기정사실이 된 지금, 인수 금액은 합병에서 가장 중요한 문제였다.

유빈은 마크 램버트가 제네스의 CEO가 되기 전에 맡았던 회사를 알아봤다.

직전의 회사는 세느아르지오라는 소셜커머스 업체였다. 경쟁에 밀려 거의 폐업까지 갈 뻔했던 회사를 마크 램버트는 소셜커머스 업체 중 탑 쓰리까지 올려놓았다.

마크 램버트는 MD(Merchandiser)의 담당 제품 매출 결과를 매달 순위를 매겨 회사 홈페이지에 올려놓았을 뿐만 아니라 최저가 정책을 밀어붙였다.

그때 회사 운영을 얼마나 구두쇠처럼 했으면 마크 램버트의 별명이 스쿠르지였다.

그는 1달러도 허투루 쓰지 않았고 쓸데없는 비용이 나가는 것을 병적으로 싫어했다.

마크 램버트가 천문학적인 인수 금액에 신경 쓰는 건 당연한 일이었다.

그 예민한 문제를 유빈이 건드린 것이다. 당연히 질문이 나올 수밖에 없었다.

"그 이상이면 안 되는 이유라도 있나?"

가만히 있는 CEO를 대신해 톰 로렌스가 끼어들었다.

"어차피 정해진 거 무슨 소용 있겠습니까. 아닙니다."

"아니, 그래도 자네가 처음에 1,000억 달러를 제시한 데는 충분한 이유가 있지 않은가. 애브비만 해도 전 세계에서 올해 현재 처방매출 순위가 7위인 약품이네. 거기에다 임상 2상을 진행 중인 신약도 2개나 있지. 자네의 의견을 바탕으로 한 앤 해밀턴 팀장의 리포트에 나와 있는 내용이네. 협상단에서도 다 확인한 내용이고."

유빈은 톰 로렌스의 반응으로 인수 금액이 최소 1,000억 달러가 넘을 거로 예상했다.

이들의 관심을 끌어낼 최고의 주제는 역시 돈이었다.

1,000억 달러에서 금액을 조금이라도 줄일 수 있는 방법만 있다고 하면 지금의 뻣뻣한 태도는 바뀔 수밖에 없었다.

"그 당시에는 정보가 부족해서 그 정도의 금액을 산출했지만, 지금 다시 책정한다면 어림도 없습니다."

유빈의 단호한 답변에 톰 로렌스가 마크 램버트와 눈을 마주치며 계속 질문을 했다. 반면에 유빈은 톰 로렌스가 아닌 마크 램버트를 보면서 대답했다.

그의 오라는 분명한 관심을 보였다.

"에이티제이에 관한 새로운 정보라도 있다는 말인가?"

새로운 정보가 있을 리가 없었다.

제네스 협상단은 개인이 알 만한 정보를 모른 채 협상을 진행할 정도로 허술하지 않았다.

"없습니다."

"없다고? 지금 장난하는 건가?"

"제가 아는 정보는 회사도 다 알고 있을 겁니다. 가장 중요한 셀아키텍트의 머토마에 관한 정보도 이미 아시고 계실 거로 생각합니다."

"당연하네. 그런데 왜 인수 가격이 과하다고 하는 거지?"

"시선의 차이입니다."

"시선?"

"제네스에서는 바이오시밀러를 너무 저평가하고 있습니다. 그 차이입니다."

유빈이 계속 말을 이어 갔다.

"EMA에서 허가받고 바이오시밀러가 출시되면 애브비의 시장 점유율을 회사에서는 어떻게 설정했는지는 잘은 모릅니다. 다만, 제 판단으로는 2년 이내에 유럽에서 환자의 50% 이상이 애브비 대신 머토마를 처방받게 될 겁니다."

"2년 안에 점유율의 반을 가져간다고? 하하. 자네가 나를 웃기는군."

톰 로렌스가 말도 안 된다는 표정으로 헛웃음을 터뜨렸다. 하지만 유빈은 그의 반응과는 상관없이 이야기를 이어 갔다.

"뉴욕에 오기 전에 유럽 각국의 바이오시밀러 정책을 확인했습니다. 폴란드 보건부장관은 바이오시밀러를 화학의약품의 복제약인 제네릭과 차이 없이 취급한다고 발표했습니다. 제네릭이 출시되면 오리지널 약이 얼마만큼의 점유율을 뺏기는지는 두 분이 더 잘 아시겠죠."

웃음을 멈춘 톰 로렌스는 별 반응 없이 이야기를 들었다.

"폴란드뿐만이 아닙니다. 북유럽 국가는 머토마의 EMA 승인을 누구보다 기다리고 있습니다. 복지 재정을 아끼기 위해 직접 교체처방 임상을 시행할 예정이라고 하더군요. 영국의 NICE 가이드 또한 바이오시밀러 지침을 마련 중이라고 합니다."

"마련 중이지 확정은 아니고."

"제 말은 관련 움직임이 계속해서 벌어지고 있다는 의미입니다. 바이오시밀러의 점유율은 각 국가의 정책에 의해 결정될 겁니다. 그리고 그 방향은 바이오시밀러에 유리하게 돌아가고 있죠. 당연한 결과입니다."

유빈이 아무 말 없이 듣고 있는 마크 램버트를 쳐다봤다.

"지금 류마티스 관절염 또는 염증성 장 질환(IBD)으로 애브비를 처방받는 환자가 1년에 부담해야 하는 금액이 2만 달러 정도입니다. 물론 이 금액의 많은 부분을 국가에서 건강보험으로 처리해 주죠. 한 사람에 2만 달러입니다. 각국 정부는 예산 때문이라도 바이오시밀러의 처방을 장려할 수밖에 없습니다."

유빈의 막힘 없는 지식에도 톰 로렌스는 표정의 변화가 없었다.

하지만 속으로는 계산기를 두드려 대고 있었다.

확인해 봐야 알겠지만 애브비의 시장 점유율을 계산할 때, 유빈이 언급한 부분까지는 고려하지 않았다.

유빈이 언급한 내용은 그도 최근에 협상단으로부터 보고

받은 리포트에서 확인한 내용이었다.

한편으로는 이 녀석이 이런 최신 정보를 어떻게 알고 있는지 궁금하기도 했다.

"요즘은 구글 검색과 SNS만 열심히 살펴봐도 정보를 얻을 수 있습니다. 다만, 그 정보가 중구난방이고 정리가 되어 있지 않기 때문에 기존의 정보와 결합해서 팩트를 가려 낼 필요는 있죠."

톰 로렌스의 동공이 살짝 흔들렸다.

유빈이 마치 그의 생각을 읽은 것 같았다.

"한 가지 더 말씀드리죠. 아마 이 정보는 처음 들어보셨을 겁니다. 셀아키텍트에서는 바이오시밀러를 개발한 이후로 매년 유럽에서 의사를 상대로 한 설문 조사를 하고 있습니다. 내부용이기 때문에 발표는 되지 않았죠."

유빈은 서 회장으로부터 들은 내용 중 일부를 풀어놨다.

"설문 조사?"

"네. 질문의 내용은 한 가지입니다. '바이오시밀러를 처방하게 된다면 충분히 효과적이고 안전하다고 생각합니까?'입니다. 올해는 총 934명의 의사가 답변했고 786명의 의사는 YES, 148명이 NO로 YES 비율이 84%였습니다. 매년 YES의 비율을 증가하고 있고 올해는 작년에 비해 훨씬 증가한 수치죠."

"음…….."

무표정했던 톰 로렌스의 얼굴에 조금씩 균열이 생겼다.

정부에서도 바이오시밀러의 처방을 장려하고 보수적인 의사마저도 긍정적인 시각을 가지고 있다면 유빈의 말처럼 출시 후, 점유율이 무서운 속도로 증가할 수도 있었다.

"그리고 뭔가 이상하지 않습니까? 에이티제이가 그렇게 잘나간다면 제네스의 합병 시도를 순순히 받아들이지 않을 텐데 너무나 순조로운 느낌입니다."

마크 램버트와 톰 로렌스가 서로를 쳐다봤다.

그들도 느끼고 있던 점이었다.

인수합병에 우호적이지 않던 제리 클레멘트 회장의 태도 변화가 안 그래도 마음에 걸리던 참이었다.

톰 로렌스는 처음에 유빈에게서 풍겼던 날카로운 기세를 지금은 온몸으로 받고 있었다.

누군가와 토론이나 언쟁을 벌일 때 '이 사람은 절대 이길 수 없다'라는 느낌을 받을 때가 있는데 지금의 유빈이 그랬다.

유빈의 설명을 가만히 듣고 있던 마크 램버트가 나지막이 이야기했다.

"1,100억 달러네. 우리가 제시한 인수합병 금액은 1,100억 달러야."

1,100억 달러면 요즘 환율로 약 130조 원.

대한민국의 한 해 예산이 400조 원이 되지 않았다.

톰 로렌스가 조금 전과는 달라진 CEO를 의아하게 쳐다봤다. 굳이 말해 줄 필요가 없는 내용이었다.

"자네는 들을 만한 자격이 있어."

유빈을 대하는 마크 램버트의 자세 역시 미세하지만 조금은 달라져 있었다. 어느 정도 유빈을 인정한 모습이었다.

이제 원하는 것을 확실히 이야기해야 했다.

"재협상의 여지는 있습니까?"

"아직 최종 결정을 하지 않았으니까."

"최종 협상 날짜는 언제인가요?"

"이번 주 금요일이네."

"3일 뒤군요. 미스터 램버트, 저를 협상 테이블에 앉게 해 주십시오."

"뭐?"

유빈의 말에 톰 로렌스는 물론이고 마크 램버트도 황당한 표정을 지었다.

최종 협상 날에는 마크 램버트와 에이티제이의 제리 클레멘트 회장도 참석한다. 두 사람이 최종 사인을 할지도 모르는 그런 중요한 자리에 지금껏 협상에 한 번도 참여하지 않은 유빈이 앉는 것은 말이 안 되었다.

유빈도 그런 사실을 모르지는 않았다.

다 된 밥에 숟가락만 얹는다는 오해가 당연히 있을 수밖에 없었다.

지금까지 노력한 협상단 멤버들의 따가운 시선을 받겠지만, CEO의 허락이 있으면 불가능한 일은 아니었다.

유빈은 결정권자를 향해 자신의 의지를 다시 한 번 피력했다.

"회사가 인수 금액을 절약하는 데 도움이 될 겁니다. 1,100억 달러는 에이티제이에게는 과한 금액입니다."

"인수 금액을 깎는다고?"

"네, 충분히 가능합니다. 만약, 제가 역할을 못한다고 해도 미스터 램버트에게는 손해 될 것이 하나도 없습니다. 계획한 대로 제네스 포트폴리오에 항체의약품을 편입할 수 있게 되고 항체신약 개발 경험을 고스란히 가져올 수 있으니까요."

"음……."

"협상 테이블에 의자 하나 더 놓는다고 해서 에이티제이에서도 뭐라고 하지는 않을 겁니다."

"말도 안 되는 소리 하지 말게. 자네의 역할은 제네스 직원으로서 알고 있는 정보를 모두 털어놓는 것이네."

톰 로렌스가 유빈의 이야기를 일축했다.

"잠깐만 톰. 흐음, 자네 은근히 설득력이 있군."

"미스터 램버트, 하지만……."

"잠깐만이라고 하지 않았나."

"네……."

마크 램버트의 싸늘한 눈빛에 톰 로렌스가 물러났다.

"이 말을 하려고 일부러 톰의 질문을 유도하고 바이오시밀러와 항체의약품 시장에 관한 지식을 자랑한 거겠지?"

시선을 돌린 마크 램버트는 유빈의 의도를 정확히 파악하고 있었다.

"제가 능력을 보이지 않으면 미스터 램버트가 제 말에 귀를 기울일 이유가 없으니까요."

잠시 대화를 멈춘 마크 램버트가 갑자기 화제를 전환했다.

"엘렌이 전에도 내 집무실을 찾아온 적이 있다고 하더군. 내 팬이라던데 사실인가? 별로 그렇게 보이지 않는데."

"아, 1년 전에 찾아온 적이 있습니다. 팬이라기보다는 우리 회사의 최고 경영자가 어떤 사람인지 직접 보고 싶었습니다."

유빈은 자연스럽게 답했다.

마크 램버트라면 이유 없이 화제를 전환할 리가 없었다. 결정하기 전에 뭔가를 확인하려는 것 같았다.

"왜 그런 생각을 한 거지?"

"본사 직원이야 미스터 램버트를 자주 볼 수 있지만, 제네스에 다니면서 평생 CEO의 얼굴을 보지 못하는 사람도 있습니다. 제네스 코리아와 같이 변방의 지사에서는 더욱 그렇죠."

"그래서 실제로 보니 어떤가? 기대 이상인가? 아니면 이하?"

"아직 잘 모르겠습니다. 더 대화해 봐야 할 것 같습니다."

톰 로렌스는 대화가 끝나면 이 당돌한 동양인을 당장 내쫓아 버리고 싶었다.

오냐오냐했더니 CEO를 평가하고 하고 있었다.

톰 로렌스의 생각과 달리 마크 램버트는 침착한 표정을 유지했다.

"하하, 자네가 나를 별로 좋아하지 않는다는 것은 물어보지 않아도 알 수 있네. 궁금한 것은 그런데도 왜 협상 테이블에 앉으려 하냐는 것이지."

"뭔가 오해를 하셨군요. 저는 CEO를 도우려고 하는 게 아닙니다. 제가 협상에 참여하려는 것은 미스터 램버트와 상관없습니다. 저는 단지 제네스가 쓸데없이 돈을 낭비하는 게 싫을 뿐입니다."

'그리고 그 돈이면 감사로 회사를 그만둬야 했던 직원들에게 평생 월급을 주고도 남을 돈이니까요.'

뒷말이 목구멍까지 올라왔지만, 유빈은 참았다.

지금 상황에서 할 이야기가 아니었다.

"그렇군. 좋아. 허락하지."

"허락이라면……."

"협상 테이블에 앉아도 좋네."

"감사합니다."

"자네가 협상을 잘한 거지. 단, 작은 결과라도 내지 못하면 내 시간을 뺏은 책임을 져야 할 걸세."

"……그렇다면 저도 조건이 있습니다."

"조건?"

"협상 테이블에서 저를 미스터 램버트의 옆자리에 앉게 해주십시오. 그리고 협상 전에 샌프란시스코에 다녀오겠습니다."

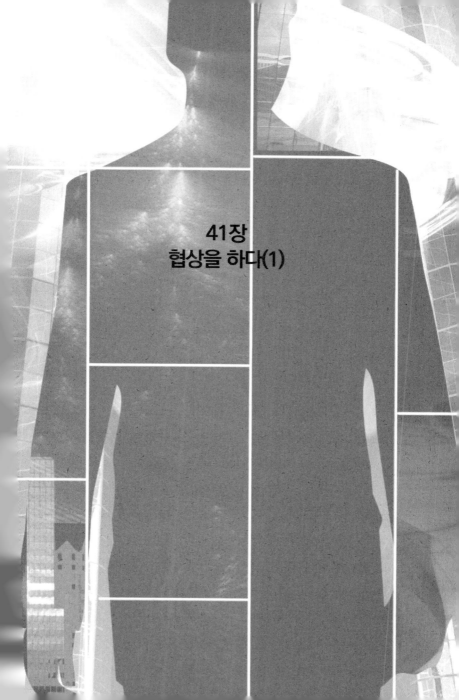

41장
협상을 하다(1)

마크 램버트가 그저 목을 앞뒤로 살짝 움직였을 뿐인데 톰 로렌스의 얼굴은 사정없이 구겨졌다.

　제네스 안에서는 그 누구도 마크 램버트에게 조건을 붙이지 못했다.

　하지만 유빈은 결국 CEO의 승낙을 받아 냈다.

　저 녀석은 뭐가 특별하기에…….

　지금까지 말대꾸 한 번 제대로 못 하고 마크 램버트를 수행했던 시간이 떠올라서일까?

　유빈이 마크 램버트의 업무실을 나가고 몇 분 후, 여전히 상기된 얼굴로 톰 로렌스가 나왔다.

막 닫히려는 엘리베이터를 확인한 그가 재빨리 달려와 버튼을 눌렀다. 그러고는 거친 숨소리와 함께 유빈이 타고 있는 엘리베이터로 들어왔다.

숨을 고른 톰 로렌스가 유빈을 똑바로 쳐다봤다.

"후우, 미스터 킴, 지금 뭐하자는 거지?"

"무슨 말씀이신지."

"기업의 인수합병이 장난으로 보여?"

"그럴 리가 있겠습니까."

"협상단에서 에이티제이를 인수합병하기 위해 물밑 작업한 시간만 1년이야. 1년!"

그의 얼굴에 분노가 스쳤다.

유빈은 그 분노의 이유를 알았지만 태평하게 물었다. 그의 화를 맞받아칠 필요는 없었다.

"미스터 로렌스, 저한테 화를 내는 이유를 모르겠군요."

"인수 금액을 어떻게 한다고? 미스터 킴의 정보력과 분석력은 인정하지. 인정해. 하지만 기업 합병 협상은 다른 차원의 이야기야! 너무 큰 금액이라 실감이 잘 안 나는 것 같은데……."

유빈이 그의 말을 뚝 잘랐다.

"압니다. 1,100억 달러. 알기 때문에 가만히 있지 못한 겁니다. 인수 금액 천분의 일인 1억 달러만 줄여도 수많은 일을 할 수 있습니다. 홈레스에게 집을 지어 줄 수 있고 아픈 아이들이 수술을 받을 수도 있고 또…… 희귀병 질환 연구를 이어 갈 수 있습니다."

"희귀병 질환? 뭔 소리인지 모르겠군. 아무튼, 오늘 미스터 램버트에게 했던 말은 없었던 일로 하지. 최종 협상이 며칠 남지 않았는데 CEO의 심기를 흐트러뜨리면 되겠나? 내가 CEO에게 자네 의사를 전해 주겠네."

"미스터 로렌스. 그럼 1,100억 달러를 그냥 주겠다는 말입니까? 정말로 그게 최선입니까?"

"최선? 그래. 빠른 합병이 최선일세. 금액이 크기는 하지만, 기업에는 적정 가치가 있는 거고 우리는 정당한 대가를 지급하면서 인수하는 거야. 당장에는 손해로 보일 수 있어도 제네스의 약점인 항체신약이 포트폴리오로 들어오면 회사의 가치는 투자금 이상으로 올라가는 거고."

유빈이 어깨를 으쓱할 뿐 반응이 없자 그가 슬그머니 채찍을 치웠다.

"자네는 나비로이만 담당해도 바쁠 텐데 여기서 쓸데없는 시간을 낭비해면 되겠나. 아시아 본부로 빨리 돌아가는 편이 좋지 않겠나?"

유빈은 그저 이놈의 엘리베이터가 빨리 1층에 닿기를 바랐다.

"왜 대답이 없나? COO의 말이 들리지 않나?"

"휴우, 한 말씀만 드리죠. CEO를 보좌하려면 제대로 보좌하십시오. 비용 절감을 위해 회사 직원은 자르면서 다른 회사를 사는 데 1,100억 달러이라는 천문학적인 돈을 쓴다면 전 세계 직원들이 어떻게 생각하겠습니까?"

"뭐가 어째? 그 문제는 별개……."

"별개가 아닙니다. 미스터 램버트가 저에게 왜 기회를 줬겠습니까? 그도 알고 있는 겁니다. 직원은 물론이고 주주를 달랠 방법은 인수 금액을 최소화하는 것밖에는 없다는 사실을요."

유빈이 제네스의 주가가 인수합병 이슈로 계속 내림세라는 것을 알고 있었다.

CEO의 입장에서는 흘러내리는 주가가 부담스러울 수밖에 없었다. 인수 금액이 확정되면 주가는 더 내려갈 가능성이 컸다.

"어떤 이유에서든 1,100억 달러는 아닙니다. 그 사실은 COO께서도 잘 알고 있고 CEO께서도 마찬가지로 잘 알고 있습니다. 그게 미스터 램버트가 저한테 기회를 준 이유입니다. 제 태도가 마음에 들지 않는 건 알겠습니다. 하지만 더 중요한 게 뭔지 생각해 보십시오."

더는 말을 섞지 않으려던 유빈이 답답함에 일갈을 했다.

톰 로렌스는 마크 램버트를 과하게 두려워하고 있었다. CEO의 옆을 보좌하는 사람은 아부가 아닌 직언을 할 수 있어야 했다.

드디어 엘리베이터가 1층에 도착하자 유빈은 일갈에 놀란 톰 로렌스를 향해 가볍게 목례했다.

"비행기 시간에 맞춰야 해서 이만 가 보겠습니다. 협상장에서 뵙죠."

톰 로렌스는 멀어지는 유빈의 등을 멍하니 쳐다봤다.

협상이 아무런 성과 없이 기존의 협상안대로 끝나면 유빈은 책임을 져야 했다.

어떻게든 책임을 최소화하고 실적은 자신의 것으로 만드는 게 그가 이 자리까지 올 수 있었던 비결이었다.

그의 상식으로는 저놈이 뭘 믿고 저렇게 강하게 나오는지 당최 이해가 되지 않았다.

"말은 그렇게 했지만 쉽지는 않겠어."

제네스 본사 건물에서 나와 바깥 공기를 시원하게 들이쉰 유빈이 나름대로 오늘의 만남을 평가했다.

마크 램버트와의 첫 만남에서 얻은 것이 적지 않았다.

우선 계획했던 대로 에이티제이와의 최종 협상 자리에 착석하게 된 것이었다. 겉으로 보이는 결과는 이게 전부지만 유빈은 드러나지 않는 결과에 더 큰 의미를 두었다.

마크 램버트가 유빈을 직접 만나기 전에는 수많은 부하 직원 중 하나라는 인식을 가졌다면 만남의 마지막에는 '이 녀석은 좀 다른데?'라는 생각을 하게 만들었다.

차후의 설득을 위한 포석이었다.

또 다른 큰 수확은 마크 램버트를 제대로 볼 수 있었다는 점이었다.

직접 만나 본 마크 램버트의 오라는 예상보다 더 단단하고 거셌다.

그 오라를 헤집고 안으로 들어가기 위해서는 꿈속에서 무의식을 조작하는 것만큼 세심한 노력이 필요할 것 같았다.

휘이익!

대로 앞에 도달한 유빈이 엄청난 크기의 휘파람 소리를 냈다. 뉴욕에 오면 해보고 싶었던 일 중 하나였다.

영화처럼 옐로 캡이 유빈 앞에 와 섰다.

"JFK 공항이요."

에이티제이 본사는 샌프란시스코시 남쪽에 있는 실리콘 벨리에 위치하고 있었다.

십 년 전만 해도 작은 바이오벤처였던 에이티제이는 TNF-알파 차단제인 항체신약 애브비의 개발에 성공하면서 일약 스타 바이오기업으로 탈바꿈했다.

애브비의 매출은 매년 큰 성장세를 보였다.

에이티제이는 연구팀과 생산 공장의 생산팀으로만 이뤄져 있어서 다국적 제약회사인 MBG와 판매 계약을 맺었다. 물론 약의 효능이 뛰어나기도 했지만 MBG의 영업력도 큰 역할을 했다.

제네스가 협상을 서두른 이유가 여기에 있었다.

MBG도 에이티제이 인수 의향이 있다는 소문이 끊이지 않았기 때문이었다.

MBG에서는 공식적으로 부인했지만 에이티제이의 클레멘트 회장과 MBG의 소이어 CEO가 잦은 회동을 갖으면서 소문은 가라앉지 않았다.

'급한 쪽은 불리한 조건이라도 받아들일 수밖에 없지.'

시작부터 나사를 잘못된 방향으로 끼운 협상이었다. 시간은 협상을 유리하게 이끌기 위한 중요한 요소였다. 에이티제이는 급할 것이 없고 제네스는 실체도 없는 MBG 소문 때문에 여유롭게 시간을 끌면서 협상할 수가 없었다.

"아무래도 냄새가 난단 말이지."

에이티제이 본사 앞까지 도착한 유빈이 주위를 살폈다. 마크 램버트의 승낙으로 실사할 수 있는 권한이 있었지만, 그는 안으로 들어가지 않았다.

유빈이 원하는 정보는 회사 안에 있지 않았다.

유빈은 실리콘밸리에 도착한 첫날부터 에이티제이 직원들이 자주 간다는 식당과 술집을 모두 방문했다.

하지만 관리직이나 임원들이 주로 간다는 식당에서는 에이티제이 직원들을 찾아보기가 힘들었다.

아무래도 최종 협상을 앞두고 함구령이 내린 모양이었다.

생산직 직원이나 행정직 직원들도 인수합병과 관련한 이야기는 언급하지 않았다.

첫날에 특별한 정보를 얻지는 못했지만 제네스에 인수된다는 사실에 직원들이 전반적으로 호의적이라는 것만 알 수 있었다.

둘째 날 유빈이 초저녁에 찾은 곳은 에이티제이 연구팀 직원들이 퇴근 후 자주 들른다는 아이리시 펍이었다.

어제도 들렀지만 사람이 없어서 허탕을 쳤는데 오늘은 다행히 어제보다 사람이 훨씬 많았다.

에이티제이는 신약 임상 연구가 주된 업무이기 때문에 창사 초기부터 회사와 함께한 연구직에 대한 대우가 매우 좋았다.

비록 임원이 아니고 고위 관리직도 아니지만, 연구직이 항상 주요 미팅에 참석했다. 때문에 중요 정보를 알고 있을 확률이 높았다.

LP에서 흘러나오는 아이리시 음악이 펍(PUB)을 가득 채우고 있는 손님들의 수다에 묻혀 제대로 들리지 않았다.

음악 소리와 떠드는 소리가 섞여 같은 테이블에 앉아 있지 않으면 무슨 소리인지 알 수 없을 정도였다.

"짐, 여기 기네스 한 잔 더!"

얼굴이 벌겋게 달아오른 남자가 바에 기대서 소리쳤다.

유빈은 시끄러운 가운데에서도 청력을 돋우었다.

그리고 혹시나 합병, 제네스, MBG 등등의 단어가 들리기를 기다렸다.

얼마의 시간이 지났을까?

오늘도 얻을 게 없구나 내심 포기하고 자리에서 일어나려던 유빈의 귀에 드디어 원하던 내용이 들려왔다. 술에 취한 목소리였다.

"그 대머리 자식이 얼마나 재수 없는 줄 알아? 지가 하버드 출신인 게 뭐가 대수라고!"

펍의 가장 구석에 있는 테이블이었다.

호심법으로 강화된 유빈의 청력이 아니었다면 절대 알아들을 수 없었다.

"조금만 참아. 내일 최종 협상이 끝나서 제네스와 합병하면 관리자들도 바뀌지 않겠어?"

"아무튼, 제네스라니 대박이야. 다른 회사였으면 기분이 별로였을 텐데 제네스는 의미가 다르지."

"요즘 회사 분위기 엉망이잖아. 아무것도 모르는 임원들은 왜 데이터가 안 나오냐고만 하고. 이래서 사람들이 데이터 조작하나 싶어."

"치프, 인수 때까지만 버티면 되지 않을까요? 합병 절차도 있고 이것저것 복잡하게 신경 쓸 게 많잖아요."

"쉿, 소리 좀 작게 해."

"아휴, 이 소심쟁이야. 누가 듣는다고 그래? 회사에서 입 조심하라는 이야기 때문에 몇 달간 속 시원하게 술도 못 마셨잖아."

"그래, 내일 서명만 하면 게임 끝이야."

누가 누구한테 이야기하는지 모를 정도로 소리가 섞여 들렸지만 내용은 고스란히 유빈에게 전해졌다.

뭐가 그렇게 쌓인 게 많은지 이야기가 끊이지 않았다.

그래도 제네스와의 합병을 앞두고 있어 분위기는 긍정적인 편이었다.

"클레멘트 회장은 참 하고 싶은 일도 많은가 봐."

"열정이 넘치는 사람이지. 다시 바이오 벤처를 시작한다면서?"

"그게 무슨 열정이야. 임상이 잘 안 되니까 폭탄 넘기고 자기는 새 출발하겠다는 거지."

"부럽다. 부러워. 제네스에 주식을 넘기면 도대체 얼마나 벌게 되는 거야?"

확실하지는 않았지만, 유빈이 예상한 대로 신약 임상이 제대로 진행되지 않은 것 같았다.

유빈의 눈이 번뜩였다.

지금 머릿속에 떠오른 방법이 내키지는 않지만 여기서 조금 더 정보를 얻어야 했다.

치프라고 불리는 사람이 있는 걸 보니 좋은 정보를 얻을 수 있을지도 몰랐다. 게다가 그들은 꽹장히 취한 상태였다.

바에 앉아 있던 유빈이 전화기를 꺼내 에이티제이 직원들이 있는 테이블로 다가갔다.

"아, 타츠야. 미안해요. 제가 깨웠죠? 미안합니다. 급한 일이 있어서요. 내일 우리가 보유하고 있는 에이티제이 주식 전부 처분하세요. 협상 발표 기대감이 남아 있어서 장 초반에는 오를 가능성이 크니까 적당히 올랐다 싶으면 전부 던지세요. 알겠죠?"

유빈이 나름대로 심각한 표정으로 통화하면서 테이블 옆을 지나는 바람에 몇몇이 유빈을 향해 고개를 돌렸다.

유빈은 전혀 모르는 사람처럼 계속 심각하게 이야기했다.

"오늘 확인했는데 MBG쪽에서도 인수 의사가 있나 봐요. 내일 협상에서 에이티제이가 MBG 카드를 들고 나올 가능성이 커요. 네, 인수 금액을 높이려는 수작이겠죠. 아무튼, 그 문제로 협상이 결렬되면 지금까지 오른 주가를 반납할 가능성이 커요. 그러니까 발표 전에 모두 처분하세요. 내일 장 보고 다시 연락할게요. 싱가포르에서 봐요."

자신의 다니는 회사와 인수 합병 이야기, 그리고 주가까지.

심상치 않은 내용에 테이블에 앉아 있던 직원 중 하나가 머뭇거리다 유빈을 불러 세웠다.

"이봐요. 미스터."

"네? 저 말입니까?"

그와 눈이 마주친 유빈이 눈을 동그랗게 뜨고 물었다.

"네, 맞습니다. 저 미안한데 뭐 좀 물어봐도 될까요?"

"네?"

"미안한데 우리가 방금 본의 아니게 그쪽의 통화 내용을 들어서요."

살짝 당황해 하던 유빈의 표정이 굳어졌다.

다른 사람의 통화를 엿듣는 것은 큰 실례였다.

"그런데요?"

"아, 미안합니다. 들으려고 들은 게 아니고. 저, 우리는 에이티제이에 다니고 있거든요. 우리 회사 이야기인 것 같아서……."

테이블에 앉아 있던 다른 사람이 미안한 듯이 말했다.

그들은 유빈을 잡을 수밖에 없었다.

테이블에 앉아 있는 모두 에이티제이 주식을 꽤 많이 가지고 있었다. 안 그래도 최근 많이 오른 탓에 일부분을 팔려고 생각하고 있었는데 유빈이 그 부분을 건드린 것이었다.

"그런데, 에이티제이 직원은 맞습니까?"

유빈의 경계하는 듯한 표정에 조금 전 말한 사람이 엄청나게 빠른 동작으로 사원증을 꺼냈다.

"이거 참. 들렸다는데 뭐라고 할 수도 없고. 그런데 뭐 때문에 그러십니까?"

유빈은 이미 자신의 오라로 테이블을 덮고 있었다.

안 그래도 술까지 먹은 판에 유빈의 오라까지 마음을 부드럽게 해주니 조금이나마 남아 있던 의심이 증발해 버렸다.

유빈이 뭐하는 사람인지 그들에게 더는 중요하지 않았다. 중요한 건 내일 주가가 정말 폭락할 가능성이 있냐는 것이었다.

"정말로 MBG 쪽에서도 우리 회사를 인수할 의향이 있다고 합니까?"

"으음, 이것도 인연인데…… 다른 사람한테는 절대 말하면 안 됩니다."

"물론이죠."

"제 정보원에 의하면 상당한 진전이 있다고 합니다. 제리 클레멘트 회장과 MBG의 소이어 CEO가 자주 만나는 건 알고 있죠?"

무리수일 수도 있지만 유빈은 MBG와 관련된 소문을 확인하는 일이 무엇보다 중요하다고 생각했다.

"뉴스에서 보기는 했는데……."

"최근에 MBG에서 생산 공장 실사도 여러 번 했다고 하더군요."

"음……."

직원들이 머뭇거리며 서로를 쳐다봤다. 그 모습에 유빈이 입가를 비틀며 중얼거렸다.

"하긴 고급 정보를 일반 직원이 알 리가 없죠."

'너네 정도가 알 리가 없다.' 이런 표정으로.

"그건 잘못 안 겁니다. 실사 안 했어요. 사람들이 오기는 했지만 본사 사람들과 판매 계약 건으로 미팅만 한 겁니다."

생산팀에서 일하는 직원은 아니다. 오늘의 목표인 연구팀일 가능성이 컸다.

유빈의 눈이 순간 반짝였지만 다른 사람은 알 수 없었다.

"치프!"

"괜찮아. 이 사람이 완전히 헛다리짚고 있잖아."

"헛다리라뇨? 그쪽이 잘못 아신 거 아닌가요? 제 정보원이 전해 준 정확한 정보입니다."

"정보원이 뭐하는 사람인지 모르겠지만, 직원보다 더 잘 알 수는 없겠죠. 안 그래요? MBG에서 사람들이 가끔 오지만 제네스와는 달리 연구팀 쪽으로는 온 적이 없습니다. 생산 공장 쪽도 그렇지?"

치프라 불린 사람이 우쭐한 자세로 옆 사람을 툭 쳤다.

"……제네스는 생산공장을 지겨울 정도로 다녀갔지만 MBG쪽 사람은 본 적이 없어요."

"허어, 이런…… 그럴 리가 없는데."

연속되는 내부자의 증언에 유빈이 당황하면서 볼을 긁적였다.

당황스럽게 고마울 정도로 확실한 증언이었다.

사람을 많이 상대하는 영업팀이나 마케팅팀과는 달리 연구직의 순수함이 엿보였다.

"에이, 괜히 걱정했네."

"보아하니 주식 투자자 같은데 잘 알아보고 판단하는 게 좋을 겁니다."

"하하하."

유빈이 에이티제이 직원들의 비웃는 소리를 뒤로 하고 황급히 펍에서 나왔다.

살짝 풀려 있던 유빈의 눈이 말끔하게 돌아왔다.

MBG와 에이티제이 간에 모종의 딜이 있는 것 같았다.

"그나저나 타츠야한테 뭐라고 설명하지. 자는 사람한테 미친 사람처럼 혼자서 말하고 혼자서 답하고 끊었는데……."

협상 장소는 페어몬트 샌프란시스코로 1907년에 오픈해 지금까지 수많은 명사가 묵었던 유명한 호텔이었다.

내부의 화려함과 비교되는 굳은 얼굴로 유빈이 빠른 걸음으로 로비를 가로질렀다.

최종 협상 장소를 어제저녁에야 통보받은 그는 고개를 저었다.

지금까지 뉴욕과 샌프란시스코에서 번갈아 열리던 인수합병 협상의 최종 장소가 샌프란시스코라는 것은 협상의 주도권이 에이티제이에게 넘어갔다는 의미였다.

협상단임을 나타내는 금색 명찰을 차고 걸어가자, 로비에 죽치고 있던 몇몇 사람이 반사적으로 카메라를 들었다.

제네스와 에이티제이의 합병은 초거대 다국적 제약회사의

탄생이라는 의미에서 미디어에서도 주목받고 있었다.

"멜리나, 협상단에 동양인이 있었어?"

"동양인? 아니, 지금까지는 없었어. 어느 회사 사람이었는데?"

"그렇게까지 자세히는 못 봤어."

"그냥 진행 요원이겠지."

"아닌데…… 분명히 금색 명찰이었는데……."

"그나저나 제네스 주주들은 뺄 좀 나겠는걸. 오늘도 제네스 주가 급락 중이야. 오전장에서만 4% 빠졌어."

"합병이 거의 확실하니까. 인수 금액도 1,000억 달러 이상이라는 소문이고."

"여유 있는데? 너 제네스 주식 가지고 있다고 하지 않았어?"

"벌써 팔았지. 그 돈으로 에이티제이 좀 사 놨고. 하하."

"키야, 재빠르기도 하시지. 아무튼, 인수 금액이 예상보다 크면 마크 램버트 CEO한테는 부담될 거야."

협상 시각까지 단 30분을 남기고 유빈이 페어몬트 호텔이 자랑하는 비즈니스 룸으로 들어갔다.

이 장소에서 기업은 물론이고 국가 간에도 수많은 협상과 회의가 벌어졌다.

기다란 책상을 가운데에 두고 서너 명씩 옹기종기 모여 담소를 나누는 모습이 치열해야 할 협상 장소와 어울리지 않게 화기애애해 보였다.

특히, 에이티제이 협상단은 3개월 동안 이어진 협상을 유리하게 조율한 덕분인지 조금 더 들떠 있는 모습이었다.

아직 착석한 사람은 없는 가운데 유빈이 미리 와 있던 마크 램버트에게 다가갔다.

"미스터 램버트."

"미스터 킴. 시간에 맞춰 왔군. 샌프란시스코 관광은 잘했나?"

제임스 본드만큼이나 네이비 블루 수트가 잘 어울리는 램버트가 기분이 좋은지 유들유들하게 호응했다.

"협상이 끝나면 돌아볼 계획입니다."

"그래? 자네 얼굴이 뉴욕에서보다 편안해 보이는군."

'포기한 건가?'

마크 램버트는 그의 업무실에서 유빈의 열변에 순간적인 감정으로 기회를 줬지만, 톰 로렌스와 다시 이야기를 나누고 대화를 곱씹어 볼수록 황당하다는 생각만 들었다.

3일간 도대체 뭘 어떻게 하겠다는 건지.

그의 말처럼 인수 금액을 줄일 수 있다면 그보다 더 좋을 수는 없겠지만, 사실 아니어도 상관없었다.

제네스의 곳간은 1,100억 달러(약 130조원) 정도로는 흔들리지 않을 만큼 풍족했다.

주주와 이사회를 안심시킬 자신도 있었다.

애브비의 연 매출은 약 10조 원.

에이티제이 인수와 동시에 MBG로부터 판매권을 가져오면 제네스의 영업력으로 매출은 더 키울 수 있었다.

TNF-알파 차단제 시장도 매년 큰 폭으로 증가하고 있었다. 게다가 마크 램버트는 약가 인상도 고려하고 있었다.

몇 년 안에 투자금을 뽑을 수 있다는 게 그와 협상단의 계산이었다.

제네스 협상단이 그동안 얻은 수확은 크게 두 가지였다.

하나는 제리 클레멘트 회장이 끝까지 고집하던 직원의 완전 고용 승계를 협상 조건에서 뺀 것이었다. 물론 노력은 하겠다는 문구가 들어가겠지만, 강제성은 없었다.

더 큰 수확은 에이티제이가 MBG와 맺은 계약을 자기들 선에서 처리하겠다고 약속한 것이었다.

MBG는 애브비뿐만 아니라 개발 중 신약인 AT-2와 AT-3의 판매권을 갖고 있었다.

남은 계약 기간은 5년으로 계약 해지를 하려면 100억 달러 이상의 위약금을 지급해야 했다.

그런데 그 문제를 에이티제이가 해결한다고 못 박았으니

큰 수확이 아닐 수 없었다.

"설마 책임지겠다는 말을 무를 생각은 아니겠지?"

"그럴 리가요."

대답한 유빈이 마크 램버트에게 다가가 속삭였다.

"미스터 램버트, 오늘은 제가 악역입니다. 그 이유는……."

유빈이 가까이 다가오자 처음에는 인상이 굳어진 마크 램버트의 표정이 시시각각 변했다. 할 말을 마친 유빈이 멀어졌지만, 그는 한참 동안 유빈의 눈에서 시선을 떼지 못했다.

"……확실한가?"

"저들의 반응을 보면 알 수 있을 겁니다. 장단만 잘 맞춰 주십시오."

"으음……."

잠시 고민하는 모습을 보이던 마크 램버트의 표정이 원래대로 돌아왔다.

"자, 이제 시작할까요?"

포탄은 장착되지 않았지만 어쨌든 포문을 연 사람은 에이티제이의 창업자이자 회장인 제리 클레멘트였다. 그는 샌프란시스코의 강렬한 태양을 어떻게 피했는지 하얀 피부의 소유자였다. 두꺼운 뿔테 안경을 낀 그는 마크 램버트보다 더 젊었다.

연구원 출신이라 그런지 수트보다는 흰색 가운이 잘 어울릴 것 같은 이미지였다.

그의 말에 하나둘씩 자리에 앉기 시작했다.

그런데 유빈이 자리에 앉자 에이티제이 측이 술렁거렸다.

제네스 협상단에 지금까지 보지 못했던 인물, 그것도 동양인이 끼어 있었다. 더 중요한 건 그의 좌석 위치가 마크 램버트의 바로 오른쪽이라는 사실이었다.

오른팔로 알려진 톰 로렌스가 똥 씹은 표정으로 왼쪽에 앉아 있는 바람에 유빈의 자리는 더 돋보일 수밖에 없었다.

유빈은 이 회의실 안에 있는 유일한 동양인이라 더욱 그랬다.

"이쪽은 유빈 킴입니다. 이번 협상에서 몇 가지 확인하기 위해 협상단에 참석했습니다."

어수선한 분위기가 마크 램버트의 한마디에 정리되었다. 그가 밝힌 건 유빈의 이름뿐이었지만 CEO가 보증하는 사람이라는 이유만으로 큰 문제가 되지 않으리라고 생각되었기 때문이었다.

그만큼 마크 램버트는 이번 인수합병에 적극적인 모습을 보여 주고 있었다. 협상단 한 명이 바뀌었다고 해서 큰 흐름이 바뀔 일은 없었다.

"자, 그럼 정리해 보죠. 인수 금액은 저번 협상에서 합의한 것처럼 1,100억 달러입니다. 에이티제이 직원에 대한 고용 승계는 마크 램버트 CEO께서 최대한 신경 써 주시기로 하셨습니다. 애브비를 비롯한 신약에 대한 판매권, 즉 MBG와의 판매 계약 해지는 인수 합병 발표 후 3개월 이내에 에이티제이 측에서 마무리 짓기로 했습니다. 그리고……."

유빈의 오른편에 앉은 제네스 협상단 단장인 잭 손튼이 합의된 내용을 읊어 갔다.

"……지금까지 말씀드린 부분과 관련하여 이견이 있거나 추가로 제안할 내용이 있으면 양측에서는 자유롭게 말씀해 주십시오."

보아하니 다들 빨리 끝내고 파티라도 하려는 모양이었다.

양쪽으로 나뉜 두 그룹 모두 약속이라도 한 사람들처럼 입도 뻥긋하지 않았다.

잭 손튼이 읊은 그대로 사인만 하면 되는 수순이었다.

"이견 있습니다."

사람들의 기대를 배신하고 유빈이 입을 열었다.

톰 로렌스는 유빈의 목소리가 들리자마자 인상을 찌푸렸고 '이제 사인만 하면 끝이구나' 하는 표정을 애써 들키지 않으려던 에이티제이 측 사람들의 굳게 닫혀 있던 입도 벌어졌다.

'뭐야, 이 녀석은.'

자리가 한 칸 옆으로 밀려난 것도 가뜩 기분이 좋지 않은데, 나서기까지 하자 잭 손튼 단장이 유빈을 쏘아봤다.

하지만 마크 램버트가 아무 말도 하지 않으니 대놓고 뭐라고 할 수도 없었다.

"크흠, 말씀하시죠."

이번에는 에이티제이 협상단장인 레이몬드 스미스가 목구멍에서 겨우 말을 끄집어냈다.

"인수 금액을 다시 제시하고 싶습니다. 단도직입적으로 말씀드리죠. 금액은 1,100억 달러에서 30%를 낮춘 760억 달러입니다."

"……."

"콜록, 콜록."

너무 황당하면 말이 안 나오는 법이다.

톰 로렌스는 물을 마시다 사레가 걸렸고 나머지는 눈동자만 뒤룩뒤룩 굴렸다.

잭 손튼은 반쯤 입을 벌린 채 유빈을 쳐다보고 있었고 나머지 제네스 협상단은 '이건 무슨 개뼈다귀 같은 소리냐' 하는 표정으로 유빈, 잭 손튼 그리고 마크 램버트를 번갈아 쳐다보며 해명을 요구하는 눈빛을 보냈다.

에이티제이 측의 반응은 더했다.

이제 곧 1,100억 달러짜리 협상을 마무리하고 페어몬트 호텔 방에서 샴페인을 터뜨리려던 참이었다.

그런데 웬 동양인의 폭탄 발언으로 다들 혼란에 빠졌다.

제리 클레멘트 회장은 연신 옆에 앉아 있는 레이몬드 스미스와 귓속말을 나눴다. 동시에 마크 램버트의 의중을 읽으려는 듯이 그에게서 눈을 떼지 않았다.

지금 여기서 가장 중요한 인물은 마크 램버트였다.

유빈의 발언이 그의 허락 없이 나왔을 리는 없었다.

"잠깐만요. 지금…… 미스터 킴의 의견이 제네스의 통일된 의견입니까? 이건 협상을 엎자는 말 아닙니까?"

레이몬드는 제네스 협상단의 표정으로 봐서 자초지종을 알고 있는 사람은 마크 램버트와 유빈 둘뿐이라는 것을 알았다.

"에이티제이 측에서 760억 달러를 받아들이지 못하겠다면 엎어야겠죠."

유빈의 대답에도 모든 시선은 마크 램버트에게 가 있었다.

"1,100억 달러는 과하다는 생각이 드는군요."

마크 램버트가 드디어 입을 열었다.

유빈을 지지하겠다는 선언이나 다름없었다.

톰 로렌스가 끼어들려고 했지만, 마크 램버트의 손짓 한 방에 입을 다물었다.

"크흠, 미스터 램버트, 이렇게 되면 협상이 다시 길어질 겁니다. 괜찮으시겠습니까?"

"에이티제이에서 미스터 킴의 질문에 어떻게 대답하는지에 따라 결과가 달라질 겁니다. 그러니까 그의 질문에 성실히 대답해 주십시오."

"헛……."

"이런……."

테이블을 사이에 두고 조금 전까지만 해도 없던 긴장감이 맴돌았다.

"……좋습니다. 우선 인수 금액을 760억 달러로 책정한 이유부터 들어보죠. 합의했던 금액에서 30%를 깎으면 적절한 이유가 있겠죠? 그 이유가 납득이 안 된다면 우리는 절대로 받아들일 수 없습니다."

유빈이 고개를 끄덕였다.

그의 유창한 영어가 비즈니스룸을 가득 채웠다.

"가장 중요한 애브비의 가치를 다시 책정했습니다. 저는 셀아키텍트의 바이오시밀러가 곧 EMA의 허가를 앞두고 있어서 애브비의 가치가 과대평가됐다고 생각합니다. 에이티제이에서는 어떻게 생각하시나요?"

"고작 바이오시밀러가 이유입니까? 어디 붙어 있는지도 모르는 아시아의 조그만 나라, 그 안에서도 이름조차 들어보지 못한 회사에서 나온 바이오시밀러를 의사들이 처방할 것 같습니까? 게다가 그 약은 아직 승인도 나지 않았습니다!"

"한국이 어디에 있는지도 모른다는 말은 '나 무식합니다' 라고 하는 고백하는 것 같군요. 미스터 스미스. 잘 들으십시오. 머토마의 EMA 승인 여부는 제네스가 아니라 에이티제이의 불안 요소입니다. 그걸 제네스가 떠안을 필요는 없죠? 안 그렇습니까?"

유빈은 평소와 다르게 제대로 악역을 하고 있었다.

협상할 때는 차후를 생각해서라도 나쁜 관계로 끝나서는 안 되었다. 적당히 줄 것은 주면서 원하는 것을 가져오는 것이 협상의 정석이었지만, 유빈은 그런 기본은 모르는 사람처럼 강경파와 나쁜 역할에만 집중했다.

마크 램버트 역시 유빈의 강경 발언에 별다른 동요를 보이지 않고 있었다.

유빈의 속마음을 알 수가 없는 에이티제이 쪽에서는 어떻게 반응해야 할지 전전긍긍한 모습이었다.

서로가 원하는 것을 어느 정도 알아야 협상도 되는 것이었다.

"크흠……."

"머토마가 승인을 받고 유럽 시장에 성공적으로 안착했을 때, 점유율을 가정해 봤습니까?"

"……최대 10% 정도로 보고 있습니다."

"가정은 해봤다는 이야기군요. 에이티제이에서는 어떻게든 깎아내리고 싶겠지만, 인수하는 입장에서는 최악의 상황을 고려해야 합니다. 우리는 머토마가 2년 이내에 애브비 점유율을 최소 50% 잡아먹을 것으로 예상합니다. 지금 나눠드리는 자료를 분석해서 나온 결과입니다."

유빈의 손짓에 진행요원이 자료를 협상단의 앞쪽에 놓았다.

마크 램버트에게 보여 준 설문조사를 비롯해 최근 임상 스위칭 결과 등이 일목요연하게 정리되어 있었다.

종이 넘기는 소리와 작은 침음성이 조용한 비즈니스룸을 울렸다.

7권에서 계속

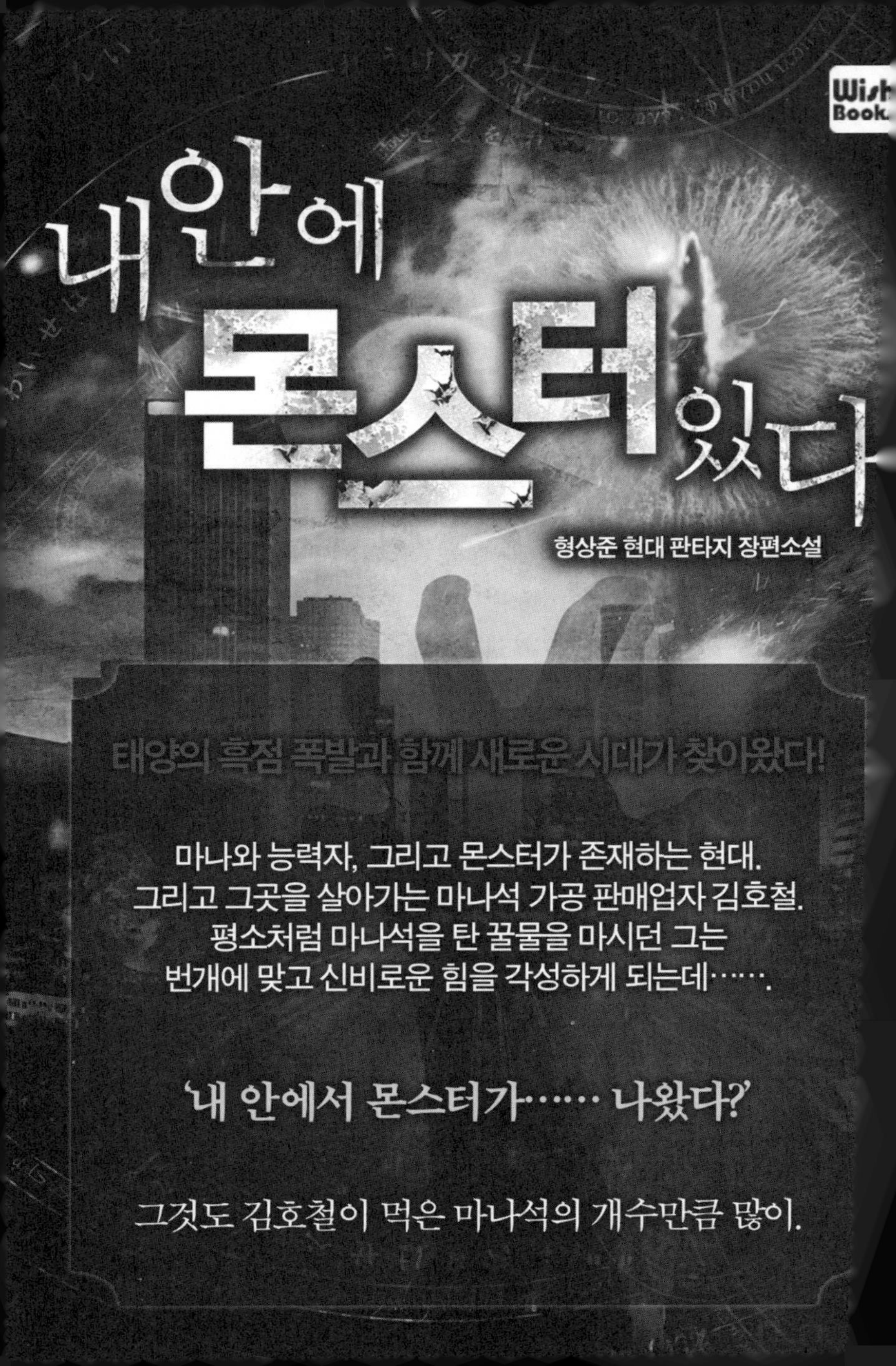
내 안에 몬스터 있다
형상준 현대 판타지 장편소설
태양의 흑점 폭발과 함께 새로운 시대가 찾아왔다!
마나와 능력자, 그리고 몬스터가 존재하는 현대.
그리고 그곳을 살아가는 마나석 가공 판매업자 김호철.
평소처럼 마나석을 탄 꿀물을 마시던 그는
번개에 맞고 신비로운 힘을 각성하게 되는데…….
'내 안에서 몬스터가…… 나왔다?'
그것도 김호철이 먹은 마나석의 개수만큼 많이.

레벨업 어게인
LEVEL UP AGAIN

잘은 모르겠지만 과거로 돌아왔다.

최단 기간, 최고 속도 레벨 업, 노블레스 등급 클리어.
생각지 못했던 행운들에 시스템상 주어지는 위대한 이름,
앰플러스 네임까지.

모든 게 좋았다.
사랑했던 여자도 이젠 지킬 수 있을 것 같았다.

[앰플러스 네임 '빛의 성웅'이 성립됩니다.]

그런데 뭐냐. 이 요상한 이름은……?
나 그런거 아닌데. 아 진짜. 아니라니까요.

우지호 장편소설

빅 라이프

돈도 없고 인기도 없는 무명작가 하재건,
필사적으로 글을 써도
절망뿐인 인생에 빛은 보이지 않는데……

어느 날,
그가 베푼 작은 선의가
누구도 믿지 못할 기적이 되어 찾아왔다!

'글을 쓰겠다고 처음 결심했던 때를
잊지 말게.'

무명작가의 인생 대반전!
지금 시작됩니다.